誕生日の日記

誕生日の日記

日記に用いられた数字・記号表記についてはルールを統一してておらず、著者の意向のままとしています。日付の書き方についても同様です。

また、本書は日記における日付の存在を際立たせるために、ノンブル（ページ番号）をつけていません。

参考文献として本書の本文を引用される場合は、ノンブルの代わりに日付を付記してください。

目次

イリナ・グリゴレ　4月17日

三輪亮介　5月24日（月）

大崎清夏　7月17日（水）

いがらしみきお　1991年8月1日木曜日

阿久津隆　10月28日（土）

久保山領（me and you）　2023年11月16日（木）

金川晋吾　2023年12月23日（土）

pha　2023年12月31日（日）

1月1日

1月2日

1月3日

1月4日

1月5日

1月6日

1月7日

1月8日

1月9日

1月10日

1月12日（金）

柴沼千晴

年末からずっと朝が起きづらい。歳をとるのがいやなわけじゃないけれど、からだが今日より軽い日はこの人生でもうこないのかも、と思うと、ものすごく遠い星を眺めている気分になる。ジャネット・ウィンターソン『灯台守の話』の中で、〈体はわたしたちの家でもある。わたしたちが本当に所有できる、唯一の家。〝家は心の住みかです〟……。〉という一節がぽつんとあって、ここで語られているのは、わたしがそれまでぼんやりと感じていた人間のしくみを言い当てたものだったので、こういう日にはたびたび思い返す。からだは容れ物、たましいが自分。体調が悪くても、悪いのはわたしじゃなくてわたしの容れ物だって思うようにしたら少しだけ大丈夫になる。外に出れば風の通る朝の道がさわやかで、それでちょっと良い気分になって、大股でがしがしと歩いた。わたしは人よりも歩くのが速い。

昨日体調を崩して休んでいた同僚が出社したので、ランチにいつものそば屋に誘って、ふたりで生海苔とろろそばを食べた。わたしたちはどちらかが体調を崩したあとの病み上がりに、体調を崩していないほうがこのそば屋に誘う。ここは意外と会社の人に会わない穴場だから、別次元として、何を話してもいいことになっている。「友人として話すね」と言われた話を、わたしはきっかりと友人として聞いた。一昨日の会議室、家に帰ったら熱が出たこと。からだに振り回されるたましいと、たましいに振り回されるからだ。

午後もバタバタと働いて、帰り道にスマホを見ると、母から LINEがきていることに気づく。

「〇〇（姪）誕生日だよ！　今日中にコメントしてね」

「みてね」という家族間で写真を共有するためのアプリを急いでスクロールして、最近の中でお気に入りの写真に「一歳おめでとう！」とコメントする。文末にいちごの絵文字をつけた。姪はいちごが好きだから。それで、帰りの電車は、去年の自分の日記を読み返していた。生後十日、姪との初対面のために義姉の実家に行った日には、こんなことが書いてある。

〈テーブルを囲んでケーキを食べながら、血筋の話をした。こういう場で血縁の話をするのは儀式だ。血縁のある赤子を特別だと思う？　そう思わないとも思うし、そう思うとも思う。〉

このとき血筋についてどんな話をしたのか正確には思い出せない。けれど確かに、わたしと血がつながった子どもが（しかもわたし自身は何の関与もしていないのに）この世に生まれてくるということは、最大級の祝福と並行して、そういうことがあるんだ、というしみじみとした驚きに満ちたできごとでもあった。わたしがいつか子どもを産むとか産まないとか、そういう可能性の話とはおそらく関係なく、わたしは血縁の事実そのものをわざわざ特別なことだとは思っていない。それでもふしぎなもので、この一年で、彼女に対して今まで他の誰にも感じたことのない気持ちになっているのも事実だ。血縁によって特別なのではなく、会って、抱っこして、一緒に遊んで、遠くで祈って、こうやって積み重ねていくことで特別になっていくんだって思う。彼女とわたし、お互いにそうだといいなと思っている。

年末年始に、実家で会ったときの写真を眺める。12月30日に会ったときには2、3歩しか歩けなかったのに、1月3日に会ったら20歩くらい歩けるようになっていて、圧倒されたことを思い出す。そういえば、前述の『灯台守の話』では、こんなふうにも綴られていた。

〈わたしたちは自分の体を通して世界を知っている。これはわたしたちの研究室だ。これなしでは実験ができない。〉

日々みるみる成長する彼女をみていると、こんなにからだに似合うたましいがあるんだって思う。わたしはからだが似合わないほうのたましいの自覚があるので、この人のことが心底うらやましい。かかっている音楽に合わせて踊るように揺れるたび、小さな口に入りきらないほどのいちごを指で押し込むたび、生まれてきてうれしい、っていかにも思っているような顔で笑うから、わたしはいつもそれを見て笑ってしまう（こういうことを思いついてしまうのも、結局血縁からくるエゴなのかもしれないけれど）。お腹にいたときには自由に動かせなかったからだ。首が座っていなかったときには、寝返りできなかったときには、ハイハイできなかったときには、歩けなかったときには自分で触れにいけなかった自分以外の体温や風や、小さな葉っぱのひとつひとつに、いちいち「うきゃー！」と声をあげて喜ぶ姿をみて、わたしたちも笑う。生まれる前の、エコー写真まで遡ったところでちょうど最寄り駅に着いた。

23時からは、友人たちとX（Xってはじめて呼んだ）のスペースをやってみる約束をしていた。夜更かしをする予定なので、コンビニに寄ったりスーパーに寄ったりして、おつまみやお酒や、何か素敵なものを買い揃えたかったのに、結局よくわからなくなってジンジャーエールしか買えなかった。炭酸を飲みたいとき、ジャンクフードを食べたいときは、だいたいこれから体調を崩すときだ。スペースのタイトルは「朗読の練習」にした。つらつらとしたおしゃべりの最中に、朗読したい気持ちや朗読してほしい気持ちになったら、「いま朗読チャンスじゃない？」と言いながら、自分が書いた文章や、引っ張り出してきた本の一節やWikipediaに書いてある概要の部分をそれぞれが自由に朗読する。去年の夏くらいから、自分や他の人の発話がもたらす気づきみたいなものにとても興味がある。普段なら眉間のあたりでモニャモニャと考えてしまいそうなことを、声を媒体に出会い直すという試み。わたしは、自分で書いた短いエッセイのようなものを読んだ。耳から聞こえる自分の声は、少し震えてふがいない。けれど、マイクをミュートにしながら聞いてくれたふたりが「柴沼さんの文章だけれど、少しおぼつかない感じで読んでいるようにも聞こえて、それがよかった」「わたしはおぼつかないとはあまり思わなくて、すごく自分のことを話してくれていると思った」と、ある種反対のような、翻ってほとんど同じことのような感想をそれぞれの言葉で教えてくれて、それがとてもうれしかった。

この人たちとはまだ出会って2年ほどだけれど、あとから思い出す日が多くて、「思い出しても良い日」という言葉を何度か使ったことがある。少しずつ日々を積み重ねた人たちと、そういうとっておきの日を一緒に思い出せることは、人生が続いていくという前提の中で起こる最もうれしいことのひとつだ。姪はもしかしたら2100年も生きていて、生まれながらにからだが似合うたましいの彼女には、そういううれしいことがきっとわたし以上にたくさん起こる。からだと肌の全部でうれしいって感じるんだろう。

この夜も、何だかそんな夜だった。このスペースをわざわざ聞きにくる人はほとんどいなかったので、どこまでも自由に話をしていた。最後にチョコレートの「バッカス」のパッケージの裏面を朗読した人が、ホームページURLのlotteの綴りを読み上げて、「ラジオCMじゃん!」と大笑いしていたとき、ふと高校生のときに感じていたような、未来に何の不安もないみたいな感覚になって、大人になってから出会った人たちとこんなこと、何だかうれしくて夢みたいだった。声を出すことも笑うことも、紛れもなくこのからだが震えている。わたしもやっと、からだが似合いはじめてきたかもって思ったり、やっぱり今日だけの気のせいだって思ったりする。夜中の2時に解散して、ちょっと眠れなくなって、だけれどすぐに寝た。

1月13日

1月14日

1月15日

1月16日

1月17日

1月18日

1月19日

1月20日

1月21日

1月22日

2024／01／23（火）

古賀及子

起き出して、おぼえた踊りを踊るみたいにいつもの朝と同じように体を動かしお弁当を作る。

わかめを混ぜ込んだご飯をラップでくるんで雑にぎゅっと三角に握って、ブロッコリーを茹でてプチトマトを洗って卵焼きを焼いてお弁当箱代わりのプラスチックの保存容器に詰めて詰めて詰めて、うちのお弁当は肉や魚の買い置きがなければメインのおかずは迷わず冷凍食品。今日のは自然解凍でいけるやつだからそのまま詰めた。

そのうちに高校生の息子が起きてきた。むんとした顔で、私は圧をかける。

息子は寝癖というより、起きてすぐ癖、とでもいうような、重力の影響をまだ受けないもわもわ縦に横にあふれた髪をゆらし、目も半分しか開かないまま「あい、はい」と言った。「はい、はい、はい、誕生日おめでとうございます」

適当な祝福に満足。今日は私の誕生日です。

誕生日だけれど、きわめていつも通り食パンは焼ける。

私は子どものころからずっと、誕生日のことが好きなままでやってきた。誕生を祝ってもらえるからというよりも、1年のなかの唯一の1日というそれなりに発生頻度の低い日が、個人の日として各々にとくべつに割り振られているのはやっぱりおもしろい。

朝が弱くベッドまで行かないと目覚めない中学生の娘にも声をかけ、起こしながら「ほら、今日は、あのさ」とせがむと、ぼんやりしたなかにもすぐ「おめでとうございます……」と発言があったから、私の誕生日の溜飲はこれでずいぶんさがった。

子らは学校へ出かけ、午前中は在宅で仕事。

昼食はここのところピザトーストに凝っている。のだけど、唯一のこだわりらしいポイントである、4枚切りの食パンを切らしていた。朝のトースト用に買ってある8枚切りので挟んでホットサンドみたいにした。二つに切ると断面がの調子が完璧だ。食べてぅまいうまい。チーズがみーっとのびて、マジシャンが口から万国旗を出すみたいでおめでたい。

明日、緊張するタイプのリモートの取材がある。資料を紙で出力して確認しておこうと自宅のプリンターで出力したところ、途中でコピー用紙が切れた。買いに行くのも面倒で、レポート用紙を綴りからちぎって使ったら薄すぎてすぐ詰まってしまった。
紙詰まりは見えたところからなんとか引っ張り出すしかない仕様の安いプリンターなのだけど、ちらっと見える紙片は指でひっぱり出せないくらい奥にある。どうすんのこれと慌てて、箸ではつかめず、そうだと、化粧品箱から毛抜きを持ってきてつまんで引っ張り出した。

紙が切れて↓代わりに使った紙が薄すぎて↓詰まって↓しかも奥の方で噛んで取り出せず↓箸でつかめず↓毛抜きで抜く

どうでもいい、誰に話すようなことでもない程度の難儀の顛末。こういう細かい、フィクションに描かれないタイプの困難に直面したとき、物語に対して現実が抵抗している手ごたえがある。

午後から所用で渋谷の神南方面へ。

通りかかるたび大行列のラーメン店の一蘭は、今日も店頭で店員さんが「60分待ち」と書かれたボードを手に持って次々やって来る観光客らしい人たちを案内している。

タワーレコードを通り過ぎてさらに駅から離れたところにあるシダックスのビルにも行列ができていて、なんだろうと覗くと「R-1グランプリ」の予選があるらしくポスターが貼られていた。

このビルは1Fにガラス張りのスタジオがある。いつ通ってもきれいに1重の人が観覧のため取り巻いているのだけど、ふしぎと私は人が2重になったところは見たことがない。

靴紐がほどけて、結びなおそうとかがむと靴紐の内部にたまっていたほこりが道に落ちた。あわててつかもうとしたけれど風に飛ばされてもう見えない。

用事を滞りなく終え、誕生日だからケーキを買って帰ると決めていた。ヒカリエの洋菓子のフロアを歩いて品定めする。

私と娘が生クリームの量が多いデコレーションケーキがあまり好きではなくて、息子はチョコレートがだめだから、私たちの誕生日ケーキはフルーツをたくさん使うタイプのロールケーキとか、フルーツタルトとか、チーズケーキといった、ケーキケーキしたケーキではないものがチョイスされることになる。

今日は「ブールミッシュ」というお店のシブーストをホールでせしめた。店員さんによると、パイ生地、バターでソテーしたリンゴ、カスタードクリームがベースのクリームを重ねて、上の面のカラメルを焼いたお菓子とのこと。聞いたことも食べたことも、なんだかぼんやりとあるような気がするのだけど、意識をはっきりさせて対峙するのはたぶんこれがはじめてだ。

「はじめてだ」、と感じてから、その気分に「45年目にして」という修飾がおりてきた。

45歳か。まだまだ先達には経験の及ばない未熟の若輩ではあるが、なんだか45という数は、数字としてシンプルに多い実感がある。だって、まんじゅうが45個いきなりあったらたくさんすぎて困るわけだ。ご近所に配ろう。

シブーストは冷凍されており、冷蔵庫で5時間解凍をとのこと。今が16時で、19時半ごろ食べたいから間に合わないけど、まあいいかと、店員さんには「はい！」と元気に返事をして受け取った。

46年目も「まあいいか」で行くぞ。気持ちや奮う。

帰ると子どもたちも帰っており、晩のおかずはいつも通り生協のミールキットで作った豚肉のおいしい出汁の炒めものにみそ汁。

あからさまの通常営業に、急に誕生日としてのケーキが加わる。お祝いは、印《しるし》さえあればそれでいい派だ。なにもないとさみしいけれど、総体として取り組むのは面倒で、だからひとつだけ、ケーキという印をつけておく。

案の定、食後になってもシブーストはまだ解凍しきらず、無理やりカットしようとするといちばん下のパイの層がベニヤくらい固かった。

担当したパティシエの方が木陰から見張っていたら躍り出て止めるだろう状態で食べてしまったがそれでもむちゃくちゃおいしい。人々で、かたいがうまい、かたいなりにうまいと述べあった。明日はちゃんと、解凍された状態で食べようとホールの半分は残して冷蔵庫にしまった。

息子が、祝い事にはもはや恒例となった、タッチとしては5歳からほとんど変わらない、味わいのある自作の絵を贈ってくれた。コピー用紙にさらさらと鉛筆で描いたもの。

家族や同居のぬいぐるみたちが誕生日ケーキを乗せた神輿をかついでいる絵だった。息子にとってもやはりケーキが誕生日の象徴であり祝祭の印なのだなと思わされる。写真に撮ってすぐにスマホの壁紙にした。

このまま息子が大人になってもずっと誕生日には絵を贈り

続けてもらいたい。死ぬ直前の誕生日まで毎年描いてほしい。私が死ぬ直前の誕生日、息子は何歳だろう。私が80歳になったとき、息子は52歳だ。行きがかり上、急に死が現実として見えて焦った。

いっぽうの娘は塾からの帰りにまいばすけっとで買ったという、干し芋とプリンとチーズタルトを買い物袋のまま「はい」と渡してくれた。これは最高のセレクト。私は甘いものが心底好きだから。それに、ちょっと走って買ってきたみたいな感じもプレゼントとしててらいがなくて良い。明日大切に食べよう。

寝るための夜がくる。冬の冷たい寝床に横になった。開けたこの目を閉じると今日が終わる。

誕生日が実は普通の日だって、子どものころは気がつかなかった。わかったのは大人になってからだと思う。

今年はその普通さが、ちょっと不思議だった。普通の日として、なんだかやけに堂々としていた。

もしかすると、歳を重ね、誕生日が普通の日として通過しようとする力がいっそう加速して、子どもたちに強引に祝ってもらったり、ケーキを買ったりするだけじゃとくべつ感が追いつかなくなったのかもしれない。

来年はもっと派手にお祝いしてみようか。そうやって、だんだん子どものころの誕生日みたいになっていくのもおもしろい。

1月25日

1月26日

1月27日

1月28日

1月29日

1月30日

1月31日

2024年2月1日木曜日

三宅唱

東京出張4日目。午前、西新宿で脚本打ち合わせを順調に終えたあと、一緒に映画を作った某さんへの誕生日祝いの品を探しに歩き回った。目当てのものはないだろうと思いつつもディスクユニオンに行くが見つからず。渋谷に移動し、ダメもとで二軒覗いてみるもやはりナシ。どのレコード屋も旅行者が半数、あと半数はおそらく仕事サボり中のスーツ姿の中高年男性で、面白い光景だった。結局、誕生祝いを本人に今夜手渡しするのは諦めることにして、関西の店にネット注文。Gia Margaret『Romantic Piano』LPとGoldmundのとあるLP。新宿に戻り、貸会議室にてリモート打ち合わせ。某企画の実質的なスタートとなるが、果たして。あんまり焦らずに進めたいものだけれど。終了後、日比谷に移動して『夜明けのすべて』公開前イベントに出席。「同僚」限定の試写。主演のお二人と司会の奥浜さんのおかげでいい空気で終了。夕食を軽く食べて東京の部屋に戻ると0時近く。東京で過ごす一日はやはり長い。つい半年前までこれが当然の暮らしだったのに。というか、0時集合で遊んでいた時期もあったのに。

映画の感想などを検索するが、それはそれとして、いくらなんでもひどい世の中だというニュースばかり目に入った。それらのニュースとは関係なく相変わらず寝つきが悪いので、一月に札幌で行った講演のメモを今後のために整理する。

札幌では、バスター・キートン『探偵学入門』（1924）とジョン・フォード『モガンボ』（1953）についての講演をした。本日2月1日はフォードの誕生日。1894年生まれなので、今年は生誕130年。ちなみに2月1日はキートンの命日でもあるというのはどういう偶然か（1966年没）。

『モガンボ』について、重要なのは、人間の下品さあるいは醜さ、つまり「ひどい世の中」という側面だというのを、考える出発点におく。未見の人に「そりゃひどい映画だねえ」と思わせる要素なら簡単に挙げることができる。まず、主人公たちが決して立派な人物ではない。気に入らないやつは殴り倒し、女をみればすぐに口説くようなワイルド系中年男のところに、学がないことに開き直りチャーミングさとセクシーさだけが取り柄の世慣れした女が現れる。そんな男女がくっつこうが離れようが正直どうでもいいところに加えて、上流階級然とした格好の世間知らずのウブな夫婦が現れ、いつの間にか不倫劇が始まる。まあ本当にどうでもいい話だ。しかも、アフリカの地で白人たちが現地人を雇いながら動物をハンティングするという、非常に粗雑で暴力的な、前時代的ともいえる題材。にもかかわらず、この映画は間違いなく面白く、何度見ても最後にはなぜか感動してしまう。それはなぜか？

還暦少し手前の当時のフォードも、この題材の下品さは当然承知していたはずだ。１９５３年発表の映画だから、第二次世界大戦が終わったばかりの頃。朝鮮戦争の最中であり、ハリウッドでは赤狩りの時期。そういう「ひどい世の中」で、「なぜこんなどうでもいい話を撮らなきゃいけないんだ？」と愚痴の１つくらいこぼしたかもしれないし、「仕事だから」という割り切りだけでどうにかなるものだろうか。いや、逆なのかもしれない。つまり、下品な題材、下世話な話、ひどい世界、愚かな人間の話だからこそ、取り組んだのではないか。言い換えれば、下品な題材をどう扱うかにこそ、フォードの演出技術の上手さが発揮されるのではないか。

どういう人間が下品か？『モガンボ』にはそれを端的に描く場面があった。1つは「暗いテントの中で、夫が妻の顔に懐中電灯を向ける（妻は「やめて」とすぐに拒否する）」シーン、もう1つは「夫が突然、前を歩いている妻にフラッシュをバン！と焚いて写真撮影する（妻は驚き、無言で夫を睨む）」シーンだ。明るいところでものを見ようとしたり、それを記録しようとする無自覚な振る舞いは下品で無粋である、というのがこの映画における定義である。他の場面でも、この夫は無自覚に家父長的な言動をする人物であることがあからさまに描かれていて、70年前の時点で、そういう男を一切同情せずに描いているという点は、ジョン・フォードにまつわる「男性的な西部劇の巨匠」というレッテルを剥がすのに明白な証拠の1つになるだろう、と書き出すと今書きたいことから逸れそうなのでそれはさておき……。

フォードの演出技術は、「全部見ようとするのはおバカさんである」ということに対して、極めて対照的なものだ。陰影の設計やサウンド設計における見事な達成はおそらく当時のフォード組にとって朝飯前だろう。とくに繊細なのは、エヴァ・ガードナーの「心の傷」をどう見せるのかという、この物語の肝を扱う際の手つきだと思う。

まずは、本人が隠しているらしいそれを周囲は当然聞き出そうともせず、やがて彼女が自ら教会の告解室（周囲に騒音を配置し、観客にはまだ彼女のセリフが聞こえないように設計されている）に足を運ぶ段階を経たあとに、ついに「心の傷」を明かすのにふさわしい場所として「夕方の穏やかな川辺」という環境を彼女に用意している。

とことん上手い。懐中電灯の無粋さとは真逆のこうした演出によって、おそらくエヴァ・ガードナーは、役柄の理屈としても、また本人自身の体感としても、すこぶるリラックスした状態で、これまで隠していたものをようやく明らかにすることができたのだろうと想像する。その結果、観客は、彼女もまた「戦後の人」であることを静かに了解することができる。ここを間違えると、エヴァ・ガードナーがいくらこの役を魅力的に演じたとしても、観客にとって性的対象の域を出なかっただろう。映画の初めはごく一面的にみえた人物が、いつの間にか一個の豊かな人格としてこちらに迫ってくるのは、フォードの「見えない上手さ」によるものだ。

『モガンボ』は「下品な人が最後に上品になる」という成長物語ではない。では、不倫劇が一応は解決に向かうのはどのようにして？　そのきっかけは、クラーク・ゲーブルとエヴァ・ガードナーの二人が、「徹底して下品で最低な人物」をわざと演じる場面にある。二人がついに上品になるのではない。ある人物を救うために、意図的に下品に振る舞う。とても驚くのだが、しかしハッと、その真意に気づく。見えているものが全てではない。だから、それを見ているこちらの心が一気にかき乱される。

この場面は、二人が表面的には最も下品に見える瞬間であるが、同時に、その見た目とは真逆の、この人たちの最も尊く美しい部分、目に見えないはずの心意気が「見える」瞬間になっていて、それが本当に見事だ。

映画の仕事とは、まさにこのようにして、目に見えるものだけを使って、目に見えないものを「見える」ようにすること、これしかない、ということすら思う。フォードの映画は、人間というものがいかに愚かで、いかに下品で、いかに醜いかを嫌というほど知り尽くしていことがベースにあって、だからこそ／にもかかわらず、映画がなお美しさに向かうことに、どうしても泣いてしまう。

このあたり、すでに蓮實さんが多くの決定的な指摘をしているものの、『捜索者』（1956）や遺作『荒野の女たち』（1966）などの「後期フォード」と呼ばれる映画について、『モガンボ』同様にどれも下品さや醜さにまつわる物語であるという点から、自分なりに考えたいことをいずれそう遠くないうちにまとめてみたいが、あるいは、同時期の別の映画作家たちの仕事を並べて考えてみてもいいかもしれない。フォードと同じく戦争帰りの小津や、あるいは成瀬の映画に出てくる人物も決して立派な人間ではない。無理やり娘を結婚させようとしたりそれを煽る中年男性たちだとか、田舎から出てきた親を面倒臭そうに扱う若者だとか、不倫したり駆け落ちしたりだとか、ろくな人間は出てこない。日本の美だとかいうものなどを捉えようとはまるでしていない。エドワード・ヤンが成瀬について「成瀬監督は、男と女のとるに足らないような物語にも誠実にキャメラを向ける。僕たち監督に必要な能力はたった1つ、そういう素直さだ」というようなことを書いているが、これはフォードや小津にも当てはまるように感じる。素直ともまた違う言葉が必要かもしれないけれど。

ひとまずここで、結論らしいことを書いてみよう。

生きている時代の「ひどさ」や、人間の下品さや醜さやくだらなさや弱さを、目を背けるのでもなく、短絡的に否定して断罪するのでもなく、露悪的に開き直ることでもなく、先入観なしに、キャメラとともにただ見つめるために、映画演出という技術の追求がなされてきた、はず……。

うーん、当日は半分即興でもうちょっと流れよく話せていた気がするんだけど、いざテキストでまとめようとすると上手くいかないもんだ。なかなか感情が乗らない。話すように書けばいいのかな。ともかく、自作を振り返ると、まだまだ足りんなあという感じを新たにする。

いや、それにしてもひどいニュースばかり。UNRWAへの資金拠出停止の再考を米英独他そして日本に求めるWHOの警告。ウクライナではロシア軍が自爆型ドローン20機で攻撃。安倍派のラスト総会、などなど。そんな中で映画にできることなどほとんどない、というような葛藤(?)は「呑気なもの」としてとうに自分の中では解決済みだけれど、一市民としての無力さはなんともしがたい。

移動中に読んだ本は『戦中派不戦日記』(山田風太郎)。1945年の日記。人がよく笑っている。空襲で試験が飛んで喜び、怒られている。虚しいというか、可笑しいというか。今はまだ三月までしか読んでないが、八月に向かって、そして八月のあと、どうなるんだろう?

2024年2月3日　土曜　晴れ

植本一子

学校が休みの子ども達が起きないうちに家を出た。電車を乗り継いで目黒駅へ着いたのは10時半頃。今日の午前中なら行ける、と昨日気づいて、12時オープンの友人の写真展会場を目指している。よく晴れた冬の日という感じで、風は強く冷たいけれど空が青い。駅から目黒通りを歩いてくだり始めると、昨年通い詰めた目黒シネマがある。あの時はカサヴェテス特集を4日連続で観に来た。パートナーとの別れから半年ほど経ったものの、なかなか気持ちに整理がつかない自分にとって荒療治のようだった。その甲斐あってか、あの頃と今は随分気持ちが違っている。また、時も経った。今日は何をやっているのかなと貼られたポスターを見ると、3日間限定のヤン ヨンヒの特集上映最終日だった。時計を確認すると、観たいと思っていた『ディア・ピョンヤン』の上映が始まったばかりで、調べなかったことを悔やむ。

ヤン ヨンヒ監督のドキュメンタリー映画『スープとイデオロギー』は数年前に観た。もっと昔に『かぞくのくに』も観たけれど、自分の生い立ちと家族に、徹底的に向き合う姿勢に毎回心動かされる。家族について考えていく行為は、自分がどういう人間なのか深掘りしていくことにつながる。私にはこの監督のように家族と向き合うことが出来ていない、という事実を突きつけられて、気持ちが大きく揺らぐのだ。

今日は実家のおばあちゃんの誕生日。節分と同じ日なので忘れることがない。つい先日、実家から届いた荷物をほどいていると、いつものように母からの近況報告の手紙が入っていた。実家では、母と父、そして父方の祖母であるおばあちゃんで今もおそらく住んでいる。スーパーのちらしの裏面に、油性ペンの大きな文字で書かれたそれを読んでいると、ひいおばあちゃんは何歳になるの?と娘から聞かれた。手紙の内容に誕生日のことがあったのだろう。急にどうしたの、と聞くと、会いに行きたいんだよね、１０３歳の人が何考えてるのか聞きたいから、と言う。娘は純粋な興味から知りたいのだろうけれど、何か背中を押されるようだった。時が経った今なら、母と会えるかもしれない、とひそかに思っていたからだ。私は興味がある、自分自身に。自分がどこから来て、どこへ行こうとしているのか、母はきっとヒントを持っている。

もう7年は実家に帰っていない。おばあちゃんはもちろん、母とも父とも、その間一度も会っていない。7年前、初めて母と完全に衝突した瞬間があり、一時期は縁を切る方法さえ真剣に検討していたほどだった。そこから長い時間を経て、今では母とのＬＩＮＥのやりとりもストレスなくできている。これを関係の修復と呼ぶのかはわからないが、時という万能薬が私には効いたのだ。１０３歳になったおばあちゃん。私がまだ10代だった、一緒に住んでいた30年前は、折り合いが悪い母とぶつかるたびに「もう死ぬけんの」と漏らしていたので、それはそれは盛大な死ぬ死ぬ詐欺だった。数年会っていなければ、あれ、おばあちゃんは生きてるんだっけ、と時々わからなくなるほどで、同じように20年以上前に死んだおじいちゃんのことも、あれ、もういないんだっけ、と混乱する瞬間がある。会っていない人は現実に生きていたとしても、自分の中に存在がなくなってしまう。それでもいつかおばあちゃんが、父が、母が死んだという知らせが届いた時には、やっぱり大きく動揺するのだろうか。

5年間毎日ように連絡をとり、週に1度は必ず会っていたパートナーと久々に再会したのは、カサヴェテスを4日間連続で観た荒療治の直後だった。関係を解消したことには変わりないけれど、そこからまた時々会えるようになった。思いがけない向こうからの半年ぶりの連絡に驚きつつ、ここからまた関係性の修復ができるのかと思っていた。最後に会ったのはクリスマス前。その際に言われたことがきっかけとなって、この日が彼に会った最後となった。半年間の会わない間に心の距離が離れ、以前なら自分の中で誤魔化せたであろう言葉につまずき、未来のために何かを乗り越えようとは思えなくなっていた。あんなに執着していた気持ちを手放すことができたのも、会わなかった時間の対価であり、悲しい効能だと思った。

今度は目黒通りをのぼるように歩き、小道に入ってすぐの場所にある大久保ベーカリーへ。オープン直後で数人が並んでいる。子ども達のお昼にパンをいくつか買う。ここのパンはどれも美味しくて、この辺りに来る時は必ず寄っている。そこから歩いてすぐの場所にある花すけへ。ちょうど着いた時、店の前で店主のじろけんと自転車に乗ったおばさんが軽い押し問答をしているところだった。おばさんが手に持ったビニールに包まれた食べ物らしきものを、じろけんがいらないと強く断っている。私に気づくと、大崎の叔母です、と紹介してくれた。おばさんはちょうど帰るところだったらしく、これ美味しいから、と私の手にさっきのビニールを握らせ、颯爽と自転車で去っていった。聞けばうちの母と同い年。74歳ってこんな感じなのか、と思うが、ある一定の年齢以上は個人差が大きいと聞くから、やっぱり今の母の想像はつかない。店のバックヤードに通してもらうと、おばさんが持ってきたという美味しそうなシャケ弁とお惣菜が置かれていて、私がもらったのは有名な和菓子屋のきなこ餅らしい。ああやって時々いろんなものを持ってくると聞いてはいたけれど、食べきれないから持ってって、とお惣菜を帰り際にじろけんから渡された。マカロニサラダとブロッコリーの天ぷら。親戚付き合いの一切ない私には羨ましいような光景で、なんだか親族の一員になれたようで嬉しかった。これも子ども達のお昼ご飯にしよう。

花すけからすぐの場所にあるギャラリーで、友人の金川晋吾さんの写真展「ハイムシナジー」。ハイムシナジーは金川さんが住むマンションの名前で、住み始めた頃はアーティストの百瀬文ちゃん、映像作家の斎藤玲児くんとの三人暮らしだった。私も金川さんと仲良くなった数年前から時々遊びに行かせてもらっている。去年出版した『愛は時間がかかる』にも「三人のハイムシナジー」というタイトルで一本エッセイを書いたくらい、私にとっても大事な場所であり、大切な人たちだ。今ではそこにアーティストの森山泰地くんという、ももちゃんの新たなパートナーが加わり、四人での暮らしと、金川さんのセルフポートレートで写真展が構成されている。女1人対男3人の暮らしというと、どうしても性愛の面が気になってしまうけれど、一枚一枚の写真からそういった色っぽさは感じられない。もちろん、内情を少しばかり知っているから、というのもあるけれど、金川さんはそれぞれの人との一対一の、言ってしまえば友愛のようなもの写しているように思えた。嫉妬のようなものは感じられず、それぞれの相手に対して穏やかな気持ちを向けている。刹那的な強い感情ではなく、形を変えたとしても続くであろう特別なつながりがそこにはあって、自分たちのあり方を模索しているよう。こうして形にして表に出したことで、金川さんの中にも、他の三人のそれぞれの中にも、生まれるものや新しい何かがあるのかもしれない。今度みんなに会った時には聞いてみたい。

2月4日

2月5日

2月6日

2月7日

2月8日

2月9日

2月10日

2月11日

2月12日

2月13日

2月14日

2月15日

2月16日

2月17日

2月18日

2月19日

2月20日

2月21日

2月22日

2月23日

2024/2/24

竹中万季

最近は雨続きだった。今日はやっと晴れ、窓の向こうの青空を確認して、洗濯機をまわして、また布団に戻る。しばらくして渋々起き上がり、土曜日だから家の掃除をする。この家に引っ越してから3年以上経つけれど、ずっと変わらないルーティーンだ。今日は風呂とトイレの掃除担当、鏡をきれいに拭く。洗濯物を干して朝食を食べる。卵かけご飯と味噌汁、納豆がないからそれだけ。いつもの変わらない朝食。

仕事をしてから渋谷へ向かった。イヤフォンでReal Estateの新譜を聴きながら。変わらずにいい曲を作り続ける人たちがいることに安心する。最近は映画を観る時間がまったくなかったから、手帳に「映画をみる日！」と書いて意気込んでいた。ハチ公前でウクライナのデモをやっていて、青と黄色があちこちに掲げられている。ロシアによるウクライナ侵攻が始まって2年。すれ違った二人が話す「最近世界大戦になったらどーしよってたまにほんとに考えるよ」という言葉。ウクライナの国旗をつけた犬がこちらを見ていた。FREE PALESTINEと書かれたステッカーが貼られた携帯を撫でながら、いまこの世界を生きている人たちが一人残らず、なんにも脅かされずに手放さずに生きていける日がきてほしい、と思う。困難はあまりにも多く、わたしが生きている間にそういう日がくるのはやはり難しいのかな?　だけど、そうした思いを忘れないことが大事なのだろう。冷笑するよりそっちを信じたい。

『Here』を観る。受け取り、渡していくことについて考える。人と人もそうだし、人以外ともそうだし。スープを作って、渡さなきゃ。最近は実家の大切な梅の木が倒れたこともあって植物を思うことが多く、そんな自分とも重なった。次の上映まであと少し時間がある。携帯の電源をオンにすると、母からＬＩＮＥ。「twililightにお父さんと一緒に行きました。今日お父さんの誕生日だよ」。つい数日前にお父さんの誕生日のことを考えていたのに、今日が21日くらいの気分でいた。もう24日だった。わたしという人間は、と自分にがっかりしながら父にメッセージを送る。

『ゴースト・トロピック』も素晴らしい作品で、ささやかな関わり合いを思う映画だった。携帯の電源をつけると、父からＬＩＮＥ。「早いもので後期高齢者になりました。健康保険が１割負担となったのはいいことです。君たちの活躍や孫の成長する姿を見たいので健康に留意して頑張ります」といった連絡。近頃は１００年前のことをよく考えているけど、75歳になった父にとって、１００年前はそんなに遠くではないのかな。どうなんだろう、今度聞いてみよう。エレベーターでこうきこうれいしゃ、と検索していたら、後ろから「なにもやりたいことないし、ぼーっとしてるわ」という言葉が聞こえた。

ビックカメラ前の横断歩道を渡るとき、なんだか母から「まきちゃん、ごはんまでには帰ってきてね」という連絡がきそうな感じがした。小学生の頃から遊びに行くといったら渋谷だった。通学路でもあったこの道を歩くとき、毎回違った記憶が思い出される。I don't work hereと書かれた帽子を被った人と通りすがった後に、前から来た人にどん、とぶつかられた。小さな頃からぶつかられるのに慣れすぎていて、慣れたくないなあと思う。つるつるした素材のコートを着たこの男性は、次々とほかの人にもぶつかっていく。このひともかつては子供だったはずで、どんな子供だったんだろう。たまたま聞いていたのはWhen I Was Youngerという曲だった。

いい映画を観た後は新しい目を手にしたような気分で街を歩ける。あの監督だったらこの街をどう見るのだろう？　いつまでも視線を送りあう別れ際の二人を見ながら、わたしはあの人になることはないのだ、と不思議に思う。人混みにいるといつもそのことを思う。電車のホームに並ぶとハピハピハッピーという音が聞こえた。TikTokの猫、流行のミーム。

目の前の人や遠くにいる人への関心よりも、スクリーンで起きていることへの関心が勝る世界になったのはいつからだったっけ。電車に乗ると「なんでもポジティブに考えないと」という言葉。今日はやたらと誰かの言葉が飛び込んでくるみたい。

家に帰って、Googleカレンダーに大切な何人かの誕生日を登録した。といっても、カレンダーを見ること自体を忘れてしまうのかもしれないけれど。来月は兄、その次は自分、その次は晃生の誕生日が続く。こうやって大切な人の誕生日をうっかり忘れてしまう度に自分は薄情な人間なんじゃないかと落ち込んだりもするけれど、あの人は元気かなあと日々思うだけで伝わるんじゃないかと本気で信じてもいる。一日のどこかで、数秒でいいから大切な人たちのことを思いたい。このことは高校生の頃にギャルの友達が「家帰ったあとも、友達のこと何度も思い出すよ」って話していて、素直にいいなあと思ったところからきているように思う。

今日の夕飯は一人なので、野菜をいっぱい買ってスープを作った。実家で暮らしていた頃はまったく料理をしてなくて、作ってもらってばっかりだった。いまも料理上手というわけではないけれど、わたしもスープを作って実家に持っていこうかな。お母さんがいつも渡してくれるように。受け取り、渡していかなくちゃ。

晃生が帰ってきたので、鍋にスープあるよ、と伝える。早めにお風呂に入って、ベッドの上で最近の日々の楽しみであるGeoGuessrをする。今日訪れたのはルーマニア、アメリカ、ブルガリア、イギリス、オーストリア。このゲームのおかげで街路樹を以前よりも注意深く観察するようになった。植物や建築を見るだけでそこがどういった地域なのかがわかるようになりたい。修行が足りないな。明日はもうすぐオランダに帰るfeyとオペラシティに行く、朝のスープを楽しみに早めに眠ることにした。

2月25日

2月26日

2月27日

2月28日

2月29日

3月1日

3月2日

3月3日

3月4日

3月5日

3月6日

3月7日

三月十一日（月）

鈴木一平

始業前に塗装をしようとおもって、畳んでいた段ボールで即席の塗装ブースを組み立てる。今日は昼前に健康診断の予定を入れて、その時間から始業になるように会社に申請していた。なんてことない作業だしそこまで集中しなくてもいいか、と大ざっぱに塗っていたせいで何度も失敗して塗りなお

3月8日
3月9日
3月10日

すはめになり、シンナーの匂いで気分がわるくなる。

塗装を終えて、日記（いま書いているやつ）を書き進める。鳥山明の画集に注文が殺到している。十一時すぎ、健康診断に新宿へ。採血のとき、担当者が採血管に溜まる血を見ながら何度も首をかしげているのが気になって、心なしか自分の血がドス黒く見えてしまう。担当者は三本目を終えたあとですこし考え込んでから、最初の採血管をもう一度ホルダーに差し込んで血を採り始めた。駅まで戻る途中、急に体調がわるくなる。気分転換に大通りから路地に入ると、左手に見えた焼き肉屋ののれん（?）に書かれている文字が目に留まる。《ホルモンと肉が炭火焼き 韓流に出会いました!だからなんだって、、、だから、だから!韓流で会いましょう!》韓流?とおもったが、よくよく調べると『韓流』という名前の店だった。

　塗装用品と昼飯を買いに最寄り駅のドンキへ。会計を待っているあいだ、目の前に並んでいた親子連れの会話を聞いていた。三歳くらいの子どもが大声で不満をいっていて、なにかを買ってもらいたかったはずなのに、なにがほしかったのか思い出せなくて困っているらしい。母親は苦笑いでなだめていたが、一向に機嫌を直さない息子にいらいらしはじめて、忘れるくらいのものなら大してほしいものでもなかったんでしょ？　と叱りつけた。

　あとで思い出したこと。

　小学生のとき（中学生のときかもしれない。忘れた）、母親から弟の話を聞いたことがある。話というより、お前には本当なら弟がいた、という言い方だったような気がする。生まれてすぐに死んだわけでもなかったはずだから、弟がどういった意味合いで「いたかもしれない存在」だったのかはよくわからない。だいぶあとになって、母親は呪いをかけるつもりで自分に話したのかと考えるようにもなった。それいらい母親の口から弟の話は一度も出なかったから、そもそもドラマかなにかで見聞きしたことを自分の身に起きた出来事だと勘違いしている可能性もある。それでもなにかの拍子で頭に浮かぶ弟の印象にはたしかな質感があって、自分の気持ちの問題だとしても、母親から弟の話を聞いた日を彼の誕生日として引き受けておきたかったとおもう。いまは思い出した日がその日だと考えるようにしているが、忘れるくらいなら自分がおもっている以上に弟は大切な存在ではなかったのかもしれない。

家に戻って仕事。来週あたりに人事異動が出る（らしい）ので、部屋の更新を先延ばしにしている。それでも期限がすぎているからそろそろ連絡くらいはしておく必要がある。そうおもっていると管理会社から電話が来て催促される。もうあるのかもしれないけれど、発生しそうでしていない問題について考えると生まれてくる現象に名前をつけたい。退勤。出社していた同僚から飲みの誘いが来たので家を出る。

今日聞いて面白かった同僚の話。

昔やっていたバンドのメンバーだった〇×から去年の夏ぐらいに電話が来て、終電を逃したから泊めてほしいと頼まれる。面倒だったので断ると、それから朝まで何度も電話が来て、リアルタイムの状況を聞かされるはめになった。同じように終電を逃した会社員を捕まえて酒を飲んでいたら、近くの卓で飲んでいた老人に謎に気に入られて、飲み代を全部おごってもらった。アイツ絶対ヤバいやつだよ、と○×がいうと、会社員は笑いながら、今度からあのジジイ追跡して飲みに行きましょうよ、といった。

タクシーに乗って、会社員がよく行く店に連れて行ってもらう。店長と会社員の地元が同じで、当時は面識がなかったけれど、中学生の頃はお互いに同じ川でヤマメを銛で突いて遊んでいたらしい。同僚の話を聞きながら、自分＝作者の地元でも山の方に似たような川があったから、たぶん東北か、北海道あたりの話だとおもった。町の子どもからダムと呼ばれているヤマメが大量に住んでいる淵がいくつかあって、ダムに飛び込むと玉のようなヤマメの群れが泳いでいる。そこに向かって銛を突き刺せば、狙いをつけなくても一匹か二匹はくっついてきたという。たまに、海から戻ってきたサクラマスが混じっていることもある。規則的に並ぶパーマークを持つヤマメとちがって、くすんだ銀色のウロコに包まれたサクラマスの体は硬くて銛を突いても跳ね返す。○×は、その頃に界隈で流行っていたヤマメの歌を大声で歌いはじめた。

ヤマメ　やめて
ヤマメ　やめて

電話口のうしろで同じ歌をうたう男たちの声が聞こえる。よりによってヤマメ側の気持ちの歌なんだ……とおもった。次の電話で、○×は交番にいた。会社員が財布をなくしたらしく、だからジジイがいて、オレの財布を盗んだんすよ、とまくし立てる声が割り込んでくる。ここまでキャッシュレス決済で乗り切ってきたし、あいだにそれなりの移動を挟んできたのもあって、どのタイミングで財布をなくしたのかわからない。それまで老人のおごりと会社員の金で酒を飲んできたので、いまさら帰ることもできずに会社員に朝まで付き合うはめになる。

交番を出ると、会社員に聞き込みの手伝いをさせられた。タクシーでもう一度老人と会った店まで戻り、従業員から彼が主に平日の深夜帯に店に来ること、この店以外にもあるという行きつけの店を何軒か教えてもらう。適当なタイミングで撒こうとおもったが、会社員の目が本気になっていて逃がしてくれそうにない。財布だからどうにかして見つけたい気持ちは理解できるものの、さすがに熱意が異常すぎる気がする。へその緒でも入れていたのだろうか。ジジイの身辺調査を終えて、そのまま会社員が毎週のように飲んでいるという片思いの相手の話を聞かされているうちに、急にやぶれかぶれになった会社員が相手に電話をかけはじめる。しばらく様子を見ているとなんとなく揉めているような気配が出てきたので、隙を見て店を出ることにした。

〇×は五月あたりに子どもが生まれるという。男だったら名前を一平にするよう伝えてほしいと同僚に頼んだが、お前みたいなやつになったら怒られるから嫌だといわれた。

3月12日

3月13日

3月14日
3月15日
3月16日
3月17日
3月18日
3月19日
3月20日
3月21日
3月22日

3月23日（土）

野村由芽

朝、最近は7時台に、光の束がカーテンを突き破るようにして入ってくるころに、いちど目がさめる。体温のような色のオーガンジーの布を小さな窓に吊るしていて、薄いカーテンに光が通ると、壁に水面のような模様がゆらゆらと投影される。ここ最近、調子がいいとは言えなくて、数週間前に体調の鋭い厳しさからどうにか抜け出したくて、布団のなかで蝶や兎やハートのかたちを両手でつくり、影絵をした。きれいで、胸のまんなかから涙が溢れたみたいに安堵した記憶を思い出す。

影絵をしてから、この壁のことがいつもと違って見えるようになって、それがうれしい。でもやっぱり普段はただの壁で、朝の光で、壁全体が水槽のようにゆらめく一瞬のみ、誘い出される記憶なのかもしれない。それでもいい、この記憶を思い出せる朝が増えてよかった。

起床後すぐは、できるだけスマホを触りたくないという自分への誓いから、多和田葉子の『太陽諸島』を手にとる。今日は多和田葉子の誕生日だ。日本と思われる島国が消えてしまったため、〈パンスカ〉という独自の言語を開発しながらデンマークで暮らすHirukoという女性が、ひょんなことからインド、グリーンランド、ドイツ……と異なる出自の人たちと一緒に、故郷を探しに行く船の旅に出る。一見言葉遊びのように見える文章を目にするたび、普段なにげなく使っている言葉のいきいきとした知らない顔に対面する。この作品は「消えた故郷」をテーマにしていることもあり、「島はいつも国際紛争の原因になるのだから」だとか「ポーランドにとっては国がなくなるという事件はそれほどめずらしくはない」だとか、国という概念が内包する歪さや、ウクライナやガザなどの状況を思い浮かべずにはいられないような会話もある。

朝食の代わりに豆乳をあたためようとしたら、パッケージに「ホッ豆乳」とプリントしてあった。豆乳をあたためることを「ホッ豆乳」と呼ぶことにしたひとたちは、どんな顔でそれを決めたのだろう。うきうきしたのか、眉間にしわを寄せて白熱したのか。いずれにしても、「ホッ豆乳」について考えた時間を生きたひとの痕跡を、わたしはいま見つめていると思うと感慨深い。

自動モードでホットになりすぎた豆乳は案の定、膜を張っていて、自動だとものごとがブラックボックス化し、意識が行き届かないというのはこの世のことわりでしょうか。コップをかたむけてみたら、流れてくる液体をせきとめようと膜がふくらみ玉のようになって、思いがけない豆乳のかわいさに見惚れてしまう。自動モードの悪口を言ったけれど、コントロールをしすぎないことで出会えるこの世の秘密というものもあるのかもしれない。まるい豆乳を飲んだことがあるよって、誰かに糸電話で秘密を打ち明けたい。

瞑想部屋と呼んでいる自室の窓辺で豆乳をすこしずつ飲む。なににも追い立てられず、この場所で静かな時間を過ごしているとき、ここがわたしの王国、と心身が澄みわたる。目を閉じ、まなうらに太陽の光を感じながらあたたかい飲み物で胸を満たしていると、こういう文化をつくってくれてありがとう、と過去の営みにしみじみ感謝する気持ちと、その裏側にあり続けてきた戦争やめろ、人の命を奪うことのすべてをやめろという地鳴りのような怒りの両方がわいてくる。『太陽諸島』と並行して読み進めている小津夜景の『いつかたこぶねになる日』の裏表紙には、「世界を愛することと、世界から解放されること──詩はこのふたつの矛盾した願いを叶えてくれる」と書かれていたけれど、今日も今日とて、相反する思考や感情のあわいで揺れている。

部屋を見わたせば、エミリー・ディキンソン、武田百合子、須賀敦子、リチャード・ブローティガンといった作家の、何度も読み返したくて棚の目立つところに並べている本が目に入って、いずれももうこの世界から別の世界に旅立ったひとたちだ。誕生日だとか、窓辺で感じる生の実感だとか、そういうことを思えば思うほど、死や消失というものを考えてしまう。不在のひとたちが確かに生きた痕跡に、わたしはいま助けられている。それと同時に、亡くなった日を誰かに覚えてもらうことのない死があることも、なにかかたちあるものを残すことが難しかったひとたちの生を思うことも忘れないでいたいし、そもそも生きることは生きると死ぬの二択ではなく、そのあいだのすべてだ。

一冊のノートをひらく。最近、詩やコラージュを練習しようと、ホログラムの表紙のノートに言葉や布や紙の断片を貼りつけている。書いたことも忘れていた、こんなメモが鉛筆で記されていた。

意思の力ははかないから祈るための約束があったほうがいい

電気を消した部屋でまわる電子レンジを祭壇にみたてて祈る

どうか大丈夫でありますように

わたしにとっての祈るための約束とはなんだろうと考えていたら、窓の外から、「元気でね」と誰かに呼びかける人の声が聞こえた。

3月24日

3月25日

3月26日

3月27日

3月28日

3月29日

3月30日
3月31日
4月1日
4月2日
4月3日
4月4日
4月5日
4月6日
4月7日

4月8日

4月9日

4月10日

4月11日

4月12日

4月13日

4月14日

4月15日

4月16日

イリナ・グリゴレ

4月17日

朝から誕生日ケーキを作り始めた。スポンジケーキではない方がいいと決めたけど、どんなケーキにするのかまだ最後まで自分にも完全にわかってない。スーパーまで出掛けて鮮やかな花を買ってきてケーキの飾りにしてもいいのだが、庭のたんぽぽでもいい気もしてきた。たんぽぽの花が好き。食べられるのは間違いないが、葉っぱの方が美味しい。キムチにもできると聞いた。若い、黄緑の葉っぱをサラダに入れて食べた。とても苦い。その苦味は身体に染みる。山菜と同じ。長い冬の後に半分冬眠状態だった身体を苦味で起こす。いつから私は苦いものを好きになったのか、きっと日本に来てからだと思う。日本ではよく苦い物を食べると気付く。すごくいい。いつか山菜の苦味について詳しく書きたい、苦味の美学。子供の時は苦い薬が嫌いだった。それに、苦味にはこんなにニュアンスがあるとは知らなかった。苦味を飲み込んで生き残るという決心かもしれない。あえて苦いものを食べると苦しみを乗り越えられる気がする。

今年の冬は津軽に引っ越してから一番暖かかったのかもしれない。1月の初めでも雪が少なかった。散歩したらあの古い神社あたりにたんぽぽの花が咲いていた。幻ではないかと一瞬思った。1月に津軽でたんぽぽの花が咲くはずがないけど、神社の向こうのマルメロの木の横の雪が溶けているところにたんぽぽの花が咲いていた。いつもマルメロが落ちているのに一個もなかった。雪の中に落ちている真黄色のマルメロを見るのが好きだからあのあたりで散歩しているけど、今年は一個もなかった。その代わり、私の黄色の欲を満たすためのようにして黄色いたんぽぽの花が咲いている。真冬に。喜んで良いか泣いてよいか分からなかった。

地球温暖化でこうなっていると思い、これは良いサインではないと確信した。次は真冬に白鳥が帰るところがなくなって、死ぬ。そしてさまざまな生き物が、人間を含めてこの地球から消えていく。娘に読んでいた太陽についての絵本を思い出す。太陽が「さよなら」というセリフがあった気がする。あんなにさっぱり言うのかと思って。「さよなら」。恋人のような、見たことがないディズニー映画のセリフのような気がしてそれでは物足りない。もうちょっと待ってと言いたいぐらい。こっち側の話を聞いてもいないのに。こっち（地球）の鳥、草、ネズミ、蟋蟀、犬、猫、キノコ、森などの話を聴いていないのに。自ら膨らんで消える。

太陽だけが生き物の声を無視しているわけではない。それが一番得意なのは人類かもしれない。自分達だけで考えて、言語というもので喋るのだと勘違いしている。そんな私たちは、喋っても、喋っても、何も通じることはない。お互いのことは何もわかってない。だから他の生き物の声に耳をすます必要がある。どこで読んだのか思い出せないが、最近の研究によれば、植物たちは話している。話しているというより叫ぶらしい。特に水が足りない時に彼らは叫ぶ。誰にも聞こえない。人間の耳に聞こえる電波ではないから。

私は冬でも植木にたくさんの植物を育てているけど、水をあげ忘れている時にどんなすごい叫びに囲まれるのか想像してみた。植物の叫びが聴こえるようになりたい。動物と話せる人もいると聞いたけど少し羨ましい。私たちは聴こえないからいろんなことに鈍感になっているのかもしれない。耳から入る音は思っている以上に大切なのだ。目と耳を逆にしたら良いのかも。目で聞き、耳で見る。

不思議の国のアリスがうさぎに導かれるというのも偶然ではない。子供の時に、畑で野うさぎを追い掛けて、木の枝で足を切ってものすごく血が出たのを思い出した。あの時になんでウサギを追いかけたのか思い出せない。アリスの話を読んでいなかったし、夕暮れ前、誰もいないところで、村から離れた、誰もいない広いトウモロコシ畑に立っていて、私は一人で何をしていたのだろう。夢なのか。でも怪我をしたのは確かなのだ。痛みを今でも覚えている。野うさぎを追いかけていたのに自分も何かに追いかけられているような感覚。

　息が切れるまで走って、ほこりが鼻に入って息がしづらい。足の裏を切った。たくさんの血が出て、土と混ざって、土が赤くなって、私の足は黒くなった。野うさぎはどこにいった。一人で泣いた。でも村から遠すぎて、私の泣き声は誰にも聞こえない。あの時の気持ちはきっと植物たちが叫ぶ時の気持ちと同じ。誰も知らない苦しみがこの世にありすぎる。なので、太陽にまでさよならと言われるのも悲しい。たまに田舎だと埃で沈んだ太陽がものすごく見える時がある。その日は見たことがない、大きな太陽を見ながら怪我をした足を引っ張り、村に帰った。誰も見てない踊りのようだった。夕暮れの光に照らされ、血塗れの足を引っ張り、土ぼこりの道で家へ向かった。

あの時、野うさぎを捕えたくて追いかけたのかもしれない。でも捕えて何をする。子供心に何を考えていたのか思い出せないが、ウサギを追いかける前に、一瞬だけ目が合った。ウサギと。自分もうさぎになったのか、ウサギを食べたくなったのか、ウサギは私を食べたくなったのか分からないが、太陽下の生き物として再び生まれた気もした。あの時、私の方が完全に獲物になって、もしウサギを捕らえる狼などが近くにいたら、ウサギではなく血を流している私の方を食べるに違いない。畑から森はそんな遠くはなかったけど狼はいなかった。

泣きながら獣道ではなく、普通の人間が歩き馬車が通る道をゆっくり歩いて家に無事に帰った。途中ものすごくお腹が空いたので、たんぽぽとレモンバームをつかんで食べた。村に入るまでに大きな溜まり水があった。いつかそこで釣りをしようとして、ただたくさんの山椒魚しか獲れなかったことを思い出した。魚と違って長い尻尾があって、人生で初めてみた山椒魚の姿を目にしたときに大声で叫んだ。山椒魚だけは食べたくない。たんぽぽの方がいい。苦くても。

たんぽぽなら、見た目で言えば綿毛の方が好き。でもこの時期ではまだ綿になってない。自分の誕生日ケーキをホイップクリームで真っ白にして、上をたんぽぽの花で飾る。たんぽぽは生地に入れたらものすごく苦くなる。黄色い花を飾って、そんなケーキを見た時の娘のリアクションを楽しみたい。一瞬、山椒魚で飾ったケーキを想像して笑った。きっと魔女だと思われる。私はこどもの時に体験した自然をもっと見せてあげたい。娘たちを毎日驚かせるのが好き。『不思議の国のアリス』のティーパーティーの時のマッドハッターだったか、「今日は誕生日じゃない日の祝い」と言ったのも納得する。毎日誕生日ではないがお祝いしてもいい、何か驚くこと、喜ぶことがあってもいい。子供に毎日この世界の不思議について教えたい。何も当たり前ではないから。娘の誕生日なら娘に食べたいケーキのイメージを書かせてそれをできるだけ再現するけど、今日は私の好きなケーキにする。

結局、高校生の時の友達が好きだった、林檎を丸ごと焼いたケーキにして、上にたくさんのたんぽぽを飾った。ルーマニア語でたんぽぽは「豚のオナラ」というんだよ、と教えると娘たちはたくさん笑った。一緒に蝋燭を消した。飾ってあったたんぽぽの花をとってから食べたケーキの出来は良かった。

切ると中から甘くてジューシーな林檎がサプライズのように現れる。このケーキのことが大好きでレシピーを教えてくれた友人とは何年も連絡を取ってない。高校生の時は仲がよかったのに。お互いの叫び声は知らない間に聞こえなくなった。彼女の誕生日は2月14日だ。

4月18日

4月19日

4月20日

4月21日

4月22日

4月23日

4月24日

4月25日

4月26日

4月27日

4月28日

4月29日

4月30日

5月1日

5月2日

5月3日

5月4日

5月5日

5月6日

5月7日

5月8日

5月9日

5月10日

5月11日

5月12日

5月13日

5月14日

5月15日

5月16日

5月17日

5月18日

5月19日

5月24日（月）

三輪亮介

カーテンの隙間から漏れる光で目が覚めた。何時だろうかと枕元に置いてあるスマホに手を伸ばし、画面を見るとたくさんの通知が来ていた。通知は20件以上あるようで、そこには幾人もからの「誕生日おめでとう！」のメッセージが届いていた。なんて気分のいい朝だろうか。良い気分のまま家を出て仕事へ向かう。山手線に揺られながら、家族、友人、職場の人からのメッセージに一件一件返信をした。職場に着くと、同僚に「誕生日おめでとう」と声をかけられた。自分の席で仕事をしていると、誕生日と聞きつけた人がお菓子を持ってきてくれた。お菓子にはメッセージが添えられていた。仕事を終えて、友人たちが開いてくれる誕生日の食事会へ行った。ビルの20階にあるレストランへ向かうエレベーターの中からは東京の夜景が一望できて、高層ビルの明かりと遠くに見える東京タワーの光が美しかった。レストランの料理はどれも美味しく、最後には大きなケーキが運ばれてきた。ケーキの上にはゆらゆらと炎をくゆらすロウソクが刺さっていて、蝋が溶けかけていた。熱い熱いなんて言いながら、ふっと息を吹きかけた。

もちろんこんなことはあるわけもなく、いやもしかしたら並行世界の自分はこんな日を過ごしていたのかもしれないが、経験のないことを想像して書くとやけに陳腐であるし嫌なやつに思える。本当の今日はこんな日だった。

カーテンの隙間から漏れる光で目が覚めた。何時だろうかと枕元に置いてあるスマホに手を伸ばし、画面を見ると真っ暗だった。充電はされていたはずだ。何度か電源ボタンを押すと一瞬画面が明るくなったがまたすぐに落ちてしまった。いつもならスマホでセットしたアラームで目が覚めるのだが、朝日で目が覚めたのはこのためだった。時間が分からない。

部屋に時計がないので一瞬パニックになるも、テレビをつけて確認をした。仕事へ行かなければならないぎりぎりの時間で、慌てて家を飛び出した。電車の中で「新しいのを買うか？　いやいやそんなお金はない。修理に出すか？　どこに？」などとぐるぐると考えを巡らせながら山手線に揺られた。職場へ着き、とりあえず再度充電をしてみるもやはりうんともすんとも言わない。スマホが使えないので仕事用のパソコンで近くの修理屋を探し、昼休みに持っていくことにした。

修理屋は五反田にある雑居ビルの5階にあり、あまりにも狭いエレベーターで目的のフロアへと上がった。エレベーターを降りると短い廊下があり、手前から2番目に目的のお店はあった。古いアパートのような扉を開けると目の前にカウンターがあり、呼び鈴が置かれている。恐る恐る呼び鈴をチンチンと鳴らすと、奥から男性が出てきた。話ぶりから海外のどこかの国の人であるようだった。スマホの症状を伝えると、優しい看護師のようにとても親身になってくれた。スマホではなく僕の体調が悪かったら好きになっている。その親切な態度から修理をお願いすることにして、規定の用紙に名前や住所、生年月日を書いた。

職場に戻るも手元にスマホがないことにそわそわした。ただでさえ今日は自分の誕生日だ。誰かから「誕生日おめでとう!」のメッセージが届いているかもしれない。何度も職場の人に「実は今日ぼく誕生日なんですよ! それなのにスマホ壊れちゃって」みたいな自虐と悲哀の混じったユーモアを言いたかったが、職場の自分はあいにくそんな気さくさを持ち合わせてはいなかった。

夕方、仕事を終えて急いで例の雑居ビルへと向かった。5階の手前から2番目の部屋に入り、呼び鈴を鳴らした。先ほどと同じ男性が現れ、椅子に座るよう促された。男性は、名前や生年月日を書いた紙をガサゴソとどこからか引っ張り出し、今回の修理にかかった費用などの説明を始めた。無事、スマホの電源はつくようになっていた。説明が終わり、代金を支払おうとカバンから財布を出している時、「あっ」と男性が小さくつぶやいた。顔を上げると、紙に書かれた生年月日を指差していた。職場でずっと言い出せなかった「今日誕生日なんですよ」という言葉を思わずはにかみながら言うと、

「おめでとうございます」と男性はにっこり笑いながら言った。

帰り道、まるで学生時代のバレンタインの日にそんなことは無いと思いながらもどこか期待をしてロッカーを開けるように、スマホのメッセージアプリを開いた。そこには、「誕生日おめでとう」という親からのメッセージが一件だけ届いていた。これではそれこそバレンタインの日にロッカーは空っぽで、家に帰ると母がチョコをくれた時と同じではないか。でもたとえ、家族だとしても祝ってくれる人がいるだけ幸せかと思いながら帰りの電車に揺られた。この電車の中に今日が僕の誕生日だと知っている人はいないが、同じように僕も周りの見知らぬ人の誕生日も知らないし職場の同僚の誕生日も知らない。

最寄駅に着き、せっかくの誕生日なのでケーキでも食べたいと思ったがこんな夜に開いているケーキ屋もなく、駅前のコンビニに寄った。しかし、コンビニのケーキすら売り切れていた。仕方なく冷凍の今川焼きを買った。パラレルワールドでは今川焼きのことをホールケーキと呼ぶという噂も聞いたことがあるし、なにより今川焼きとホールケーキには丸くて甘いという共通点がある。家に着き、電子レンジで今川焼きを解凍し、ロウソクはないので代わりにバターを一欠片乗せた。どろりとバターが溶けて、茶色い表面を雪崩れていく。バターと中身のあんこは当たり前のように良く合った。ケーキとはかけ離れているがバターも相まって誕生日に食べる今川焼きは特別な味がした。

並行世界の自分が高いビルの上からこんな僕の一日を見たらきっとかわいそうだと思うだろう。誕生日だが特にこれと言って大きなことはなく、逆に不運な出来事さえ起きていた日。しかし実際は、その日しか会うことのない名前もわからない人に誕生日を祝われ、それがとても嬉しかったり、空っぽのロッカーに肩を落としたが家族の変わらぬ愛に慰められたり、ケーキの代わりに今川焼きを食べて、バターを乗せて少し特別なものにしたり、こんなふうに不運な誕生日にも小さな喜びが散りばめられていた日だった。かわいそうではないのだと、高いところから見下ろす違う世界の自分に大きく手を振りたい。

もっと生活に目を凝らしたい。いつだって、夜の街に広がる光の中にある無数の生活と、そのささやかな喜びのことを想いたい。

明日もいつも通り仕事。カーテンの隙間から漏れる光ではなくアラームで目が覚め、満員の山手線に揺られるはずだ。

5月25日

5月26日

5月27日

5月28日

5月29日

5月30日

5月31日

6月1日

6月2日

6月3日

6月4日

6月5日

6月6日

6月7日

6月8日

6月9日

6月10日

6月11日

6月12日

6月13日

6月14日

6月15日

6月16日

6月17日

6月18日

6月19日

6月20日

6月21日

6月22日

6月23日

6月24日

6月25日

6月26日

6月27日

6月28日

6月29日

6月30日

7月1日

7月2日

7月3日

7月4日

7月5日

7月6日

7月7日

7月8日

7月9日

7月10日

7月11日

7月12日

7月17日（水）

大崎清夏

今年のその日は、水曜日らしい。私が彼女の誕生日を知ったのは、ほんの数日前のことだ。これは7月17日の日記ではなく、7月17日生まれの彼女とふたりで2月20日から二泊三日の旅をした記録で、書いているのは2月23日（以後数日）。

昨年の秋、時間ができたら一緒に旅をしようと私たちは約束し、その約束を果たすべく尾道と琵琶湖を訪ねた。

彼女の誕生日を聞いたとき、私は一瞬とても驚き、それから深く納得してしまった。7月17日生まれは蟹座だ。蟹座には何度助けられたことだろう。蟹座は優しい。気がきいて、一途で、愛が深くて、優しすぎてちょっと心配になるほどだ。あのときもこのときも、死にそうな私の話を最後までとことん聞いてくれたのはいつも蟹座だった。永遠にお腹を空かせたひとのように常に誰かに話を聞いてほしい私は、蟹座のおかげで人生がまわっているといっても過言じゃない。呆れたり笑ったりしながらも、底には必ず敬意をもって接してくれる蟹座は私に大きな安心をくれ、一方でたぶん私が蟹座に与えている何かもあって、それもおそらく別種の安心なのだと思う。

旅の行き先を西に決めたのは、名古屋が近い彼女との出かけやすさもあったけれど、尾道にはずっと行ってみたかった書店〈紙片〉があり、琵琶湖には最近読んだ梨木香歩の小説『家守綺譚』に出てきた竹生島があった。浅井姫と弁財天の島。私の住まいは江の島に近く、女で、水を司り、芸事のごりやくもある弁財天は、私にとっていちばん身近な神様だった。それに今年は辰年で、弁天さまは龍と一心同体。そんなことに縁を感じて、尾道から京都を素通りして湖西を北上し、マキノに一泊して竹生島へ渡り、長浜から家路に着く旅路を提案した。生まれてこのかた、引越しは多けれど、私は一歩も関東圏を出ずに暮らしてきてしまい、西の大きな土地勘を自分の身体に刻みたい下心もあった。一方、東京と地元の二拠点で舞台関係の仕事をしている彼女にとっては、この旅はフリーランス特有の激務集中期を乗り越えた後の慰労旅行でもあった。旅のあらましが決まると、実際の宿や経路の下調べと予約のほとんどを、彼女が担ってくれた。

去年、私は旅先に人を訪ねる旅をいくつもしたけれど、今回の私たちの計画は、限りなく純度の高い観光旅行だった。友達とふたりきりで泊まりの旅をすること自体、私にはとても珍しいことだった。

2月20日（火）曇り。名古屋駅の改札口で待ち合わせ、福山までの新幹線の切符とコーヒーを買う。切符を改札機に通しながら、私たちはもう「前回までのあらすじ」を確認するみたいに話し始めていた。仕事のこと、共通の友達のこと、うまくいかなかった恋愛のこと。彼女は私と話したことを、言葉のすみずみまでよく憶えている（あの蟹座も、この蟹座も、よく憶えているのだ）。車内はビジネスマンで混雑していて並びの席が取れず、私はスーツの男に挟まれて、読みかけの本を集中して読んだ。天気は三日間とも雨の予報だったけれど、空はぎりぎり保っていた。

尾道駅を出て左に折れると、商店街の入口に林芙美子の像がある。旅姿でしゃがんだ芙美子の隣に、四角い鞄が置いてある。「浜には小さい船着場が沢山あった。河のようにぬめぬめした海の向うには、柔かい島があった」（『風琴と魚の町』）。芙美子は山羊座だ。ちょっと意外だ。

商店街を抜けてゲストハウスに向かう途中、尾道ラーメンを食べに寄った。この商店街は火曜定休が多く、事前に調べてあった店はどこも休みで、行き当たりばったりに店を選ぶ。私は遠い昔に一度だけ尾道に来ていて、そのとき食べた尾道ラーメンの感激に比べると、まあまあの味。友も尾道は再訪で、前回は鞆の浦を訪ねる旅だったらしい。その旅の思い出話には、いままで知らなかった彼女の物語がたくさん隠れている。

宿に荷物を置いて、まずはメインの目的地だった〈紙片〉を訪ねた。明日にはもう姿を変えて扉も消えてしまいそうなエフェメラルな雰囲気を漂わせたその書店は、小さな優しいサーカス小屋のようだった。本のセレクトも素敵で、私は寺尾紗穂『日本人が移民だったころ』と、バージニア・リー・バートンの絵本『ちいさいおうち』のメモパッドを買った。会計のとき、店主とすこし話した。森で密やかに揺れる柳のような雰囲気の方だった。話しているうちに、店主はここから歩いていけるおすすめの店を「いま思いだしましたが、」という感じで藁半紙の小さい紙にいくつも書きだしてくださり、私たちはそのメモを宝の地図みたいにして、尾道の街に繰り出した。

夜、メモしてもらった中華の創作料理の店で、瓶ビールで乾杯。三年や五年や八年ものの紹興酒をゆっくりちびちび飲みながら、とりとめなくいつまでも話した。お刺身の紹興酒漬けやら、わけぎバターのしゅうまいやら、未知の美味しさのものがいろいろと出てくる。宿への帰りにちょっとキッチュな雑貨屋に寄り、部屋で飲む日本酒のための小さなグラスを私は300円、彼女は100円で買う。店主のお姉さんに「ふたりで酒盛りでもするんですか」と笑われる。そうなんです。

2月21日（水）雨時々曇り。尾道浪漫珈琲でモーニング。いつもお世話になっている東京のアコさんへのお礼に、コーヒー豆を200グラム買う。福山駅の売店で駅弁と缶ビール小とお土産を買って（私が友に誕生日を尋ねたのはこのときだった）、京都までの新幹線の車内で、駅弁とビール。京都駅で湖西線に乗り換えて、マキノまでは各駅停車。右手にはすぐに琵琶湖が見え始め、湖面は白い霧にすっぽり覆われて、いちめん真っ白（またただ、と私は思う）。左手に見えるはずの比叡山も、裾野がふんわりと霞んで見えるだけで、山肌のほとんどが白い霧に覆われている。

午後三時、冷たい雨のなか、人気のない道路を湖畔にあるマキノの宿まで歩いた。お風呂で温まり、私たちしか泊まり客のない大広間で天ぷらやお刺身の夕飯をいただく間、宿のお母さんが、琵琶湖を南限としてやってくる野鳥について興奮気味に話してくれた。料理を作っているのは息子さんだろうか。大広間の片隅に、すこし時期の早い雛人形が飾ってある。奥の壁には、鷹を描いた水墨画が何枚も襖絵風に立ててある。

きれいにご馳走を平らげて部屋に戻って、眠くなるまで日本酒をおともにしてひたすら喋った。生きることの趣深さ、そして淡いくるしさ。部屋からの眺めがほとんどなくても、湖の幽冥なひろがりが隣にあるのを身体の側面に感じた。話すことはいつまでも泉の水のように湧いてきた。

2月22日（木）曇り。昨日まで花見の時期のような暖かさだったのが、やっと二月らしい寒さになって、冷たい空気が身体に刺さる。宿を出て、しんとした景色のなかにぽつりと佇むファミマでコーヒーを買い、マキノから長浜へ向かう電車に乗った。マキノにはスキー場のある町として栄えた形跡があり、でも車窓から見える低い山並みに、雪は全く積もっていない。途中、乗り換え待ちの30分を、暖房の効いた駅の待合室で過ごした。無事に乗り換えた電車の車内で「雪が降らんねえ」と地元の人らしい男の声が誰かに言うのが聞こえた。

長浜の駅を出るとすぐ、ボランティアの方なのか、桜色のアイシャドウを付けた女性が私たちにすすっと寄ってきて、前のめりに町歩きの情報をくれた。教えてもらった道を港まで歩きながら、友は、アイシャドウには気づかなかった、ベレー帽に目をひかれたと言った。

フェリー乗り場で竹生島への往復チケットを買い、べんてん号に乗船。島に上陸すると、拝観料600円を払って165段の階段を私たちはまず上り、宝厳寺と都久夫須麻神社に詣でた。人生においてたまに神社仏閣を巡る旅に呼ばれる年があり、今年はどうも八年ぶりにその年らしいと話していた彼女は、お賽銭用の10円玉を入れたかわいいジンベエザメの小銭入れと、たくさん御朱印の押された御朱印帳をしっかり用意してきている。宝厳寺では「弁天様の幸せ願いダルマ」というのを奉納して（600円）、神社ではおみくじを引き（100円）、神社の前に並べてあった書き置きの御朱印（300円）をいただいた。いたるところにお賽銭スポットが配されていて、私の小銭はすっからかん。おみくじは末吉で、「性急に物事を進めるのはよくない、何事も長い目で見なさい」という意味のことが書いてある。先日、西洋占星術の先生にも「時間がかかるのは悪いことではない」と言われたばかり。私は待つのが苦手で、なんでも片っ端からどんどん片付けたくなる性分なのにいまは待つしかない案件がいくつもあって、お告げというのはこういうことか、と腑に落ちる。同じおみくじを引いた友は大吉で、それには「人の助けを借りなさい」と書いてあったらしい。宝物殿の脇に、山茶花が白い花を滴るように咲かせている。私は写真を三枚撮る。

長浜に戻って、偶然通りがかった〈樋口酒店〉にふらふらと吸いこまれてお母さんお薦めのお酒をふたりとも買い、〈茂美志屋〉さんでのっぺいうどんと鯖寿司のお昼を食べた。著名人がたくさん訪れている店で、サインや写真が壁じゅうに飾られている。私の席の背後には、宮尾登美子のサイン入り色紙がかけてある。そこから角を曲がってすぐの古い器を扱う店で、茶筅を買った（1700円）。茶筅は、いつか出会えたら買おうと決めていたもののひとつだった。一昨日、尾道の器屋さんにも茶筅はあって（それは2400円）、京都の伊勢丹にもあったのだけれど（それらは3500円～5000円）、なんだか違う気がして、買いそびれていた。日本茶の発祥地といわれる滋賀の、ものを買わせるのが上手な、由緒正しい商いの町の雰囲気の残る長浜の、薄暗い器店の店内で見つけた茶筅は、なんだかとてもしっくりきて、これを買えばいいんだなと思えた。それにしても、茶筅の相場がわからない。

町から少し離れた野鳥観察センターに行く案もあったけれ

ど、移動に時間がかかってしまうのでやめて、町の案内所で見つけた「発酵マップ」を頼りに、町の店を巡ることにした。友は実は味噌造りや醤油造りのワークショップに参加するほどの発酵好きで、このマップはまたもや宝の地図だった。そういえば、きょうの蟹座は『ちょっと贅沢をしちゃおう』がモノスゴイ贅沢に発展するような日。気前がイイ日」だと、石井ゆかりさんの星占いに出ていた。友よ、とことん付き合うぞ、と私は心に決めたのだった。

7月18日

7月19日

7月20日

7月21日

7月22日

7月23日

7月24日

7月25日

7月26日

7月27日

7月28日

7月29日

1991年8月1日木曜日

いがらしみきお

これは私の娘の誕生日である。生まれた日のことを憶えているというと、じぶんの子どもしかいないので、娘の生まれた日のことを書こうと思う。

前夜の7月31日の夜、出産予定日を過ぎていた妻がお風呂に入っていたら破水した。妻にとっても私にとっても、はじめての子どもだったので、いきなりうろたえる。私は難聴者なので、念のために、実家から応援に来てもらっていた妻の母の方を見ると、冷静なようすだったので少し落ち着いた。

そのあとはタクシーを呼び、それに私と義母も同乗して市立病院へ。病院に入ると看護士さんが応対し、テキパキと段取りをつけてくれる。妻は病室の方に連れて行かれ、私と義母は待合室で待つことになった。

この時点ですでに夜更けといっていい時間だったと思うが、赤ん坊というものは、必ずしもすぐ生まれるものではない。自動販売機の灯りだけが目立つ、薄暗い待合室で義母と二人で、今か今かと待っていたが、日付が変わる頃に看護士さんが来て、私と義母に経過を説明してくれた。それによると「奥様は今は安定して病室の方で安静にしているが、今夜中には生まれないと思うので、付き添いの方の宿泊設備もありませんから、明日の朝、改めて来てください」と言っているそうだった。

「そうだった」というのは、難聴者なので、初対面の人の話はよく聞き取れない。看護士さんが行ってしまってから、義母にそう教えられたわけだが、看護士さんの言ったことの微妙なニュアンスなどはわからないまま、アドバイスどおりに「では今日は帰って明日の朝また来ましょうか」と聞くと、義母は迷ったようだったが、ひとまずいっしょに帰り、朝一番でまた来ることになった。

それが正しい選択だったかどうかはわからないが、病室に付き添うわけでもない自分が残ってもそんなに意味はない、などと安易に思っていたのは確かだろう。妊娠が判明した頃に、出産に付き添うつもりもあったが、付き添うとなると、妊婦といっしょに講習を受けなければいけないと聞いて諦めた。なにしろ難聴者なので、人に教わるとか習うとかいうことが、なかなかむずかしい。だから運転免許証もないのだが、地方在住で30歳過ぎた男が運転免許も持っていないと「役に立たない男」というレッテルを貼られる。田舎の実家の法事の時などは、下足番とかやらされるパターンである。実際、やらされたが。

当時の私は漫画家としての仕事もある程度は忙しかったが、漫画と平行して進めていた自主製作の映画が佳境にあった。私は製作者だったが、仙台で行われていた撮影現場にはともかく、借りていた仕事場には毎日顔を出さなければならない。その仕事場は撮影スタッフの詰所にもなっていたので、朝行くと、見慣れない大荷物が運び込まれていたり、撮影用にパソコンを持って行かれたり、「すみません。撮影に使わせてもらいます」というメモを残したまま、私の仕事机の椅子だけなくなっていることもあった。

それはともかく、次の日の8月1日である。私はいつもどおりの時間に起きたが、義母はさすがに気が急くのか、朝早く起きてバスに乗り、始発の地下鉄で私立病院に向かっていた。なぜ義母といっしょに、朝いちで病院に向かわなかったのかと言われれば、まったくそのとおりで、当時の私がなにを考えていたのかというと、もう病院にいるんだから、あとは任せるしかない、などと他力本願に構えていたのは間違いないだろう。そしてその安易な考えを、やはり後悔することになる。

私が病院に着いたのは、すでに10時過ぎで、平日の市立病院の午前中というと、前夜の薄暗い廊下や待合室とは違って、どこもかしこも患者だらけだ。その喧騒の中を待合室へ急ぐと、すでに義母が待っていて「7時33分に生まれましたよ」と言う。

驚きつつも、なんだか自分の無能感は高まるばかりだったが、とにかく「自分の子ども」に会いたいと思った。しかし、検査などがあるとかで、すぐに赤ん坊に面会できたわけではない。午後になると、私の田舎の母も仙台在住の叔母2名とともに病院にやって来たが、その頃になると、ようやく透明なカプセルのようなベッドに入った娘が、看護士さんにうやうやしく運ばれて来た。

ガラス越しにはじめて見た娘は、なんだか昔の横綱の北の湖に似ていて、しかも吸引分娩のため頭の形が新幹線のようだった。あまり私に似ているところは見つけられなかったが

「これが自分の子どもか」などと感慨深げにしていたら、いきなり腰のあたりにガチャッという衝撃があった。誰かがぶつかったかと思い、うしろを振り向いたぐらいだが、それがなんだったのか今もってわからない。ほんとうに誰かがぶつかっただけかもしれないが、感触としてはやはり「ガチャッ」なので、腰のあたりでなにかの鎖が繋がれたようだった。というと、なにかのメタファーのようでわざとらしいのだが、そのわざとらしいことが、ほんとうにあったのだ。

それからは、妻が出産後、全身に発疹が出て、しばらくはそのまま入院となり、私がほとんど毎日お見舞いすることになった。娘は娘で妻から隔離され、透明な装置の中で、管を繋がれたまま、苦しそうに息をしている。それを見ていると、出産の時になにもできなかった自分の罪悪感はつのるばかりだったが、その罰があたったのか、ある日、病院からの帰りのタクシーで交通事故に遭う。

　こちらの信号は完全に青だったが、交差点の右側から突然ワゴン車が、結構なスピードで突っ込んで来て、タクシーの右前面に衝突した。幸い、私は車内の左ドアに叩きつけられただけで済んだが、運転手さんが「なんだべなぁ」などとボヤきながら、こちらを振り返り「だいじょうぶすか？」と気遣ってくれる。外に出ると、相手のクルマに乗っていた二人が、小走りに寄って来て「すみませんでした、すみませんでした」と平身低頭だった。これなら警察の調べで揉めることはないだろうと思い、別なタクシーを拾って帰ろうとしたら、運転手さんに「すぐ警察来っから待っててくれねすか」と言われる。なんだか最近の自分の身の上に起きることに、気持ちがささくれていたので、「すみませんが帰ります」と言いつつ、名刺だけ渡して家に帰って来てしまった。まったく自分勝手なヤツである。

これが8月1日前後に起きたことだが、これを書くにあたって妻と、今は同居している義母にも確認したりした。妻には改めて嫌味を言われたが、それももう我が家の歴史だろう。娘ももう結婚して家を出た。

私は結婚記念日や妻の誕生日や自分の誕生日さえ忘れる男だが、8月1日の娘の誕生日だけは忘れたことがない。

2024年3月14日木曜日

8月3日

8月4日

8月5日

8月6日

8月7日

8月8日

8月9日

8月10日

8月11日

8月12日
8月13日
8月14日
8月15日
8月16日
8月17日
8月18日
8月19日
8月20日

8月21日
8月22日
8月23日
8月24日
8月25日
8月26日
8月27日
8月28日
8月29日

8月30日

8月31日

9月1日

9月2日

9月3日

9月4日

9月5日

9月6日

9月7日

9月8日
9月9日
9月10日
9月11日
9月12日
9月13日
9月14日
9月15日
9月16日

9月17日

9月18日

9月19日

9月20日

9月21日

9月22日

9月23日

9月24日

9月25日

9月26日

9月27日

9月28日

9月29日

9月30日

10月1日

10月2日

10月3日

10月4日

10月5日

10月6日

10月7日

10月8日

10月9日

10月10日

10月11日

10月12日

10月13日

10月14日
10月15日
10月16日
10月17日
10月18日
10月19日
10月20日
10月21日
10月22日

10月28日（土）

阿久津隆

昨日の夜、部屋の床でうつらうつらとスライムみたいに溶けていた遊ちゃんがあと35分で35歳になっちゃうと言って急いで起き上がって風呂に行った。偉大だ。僕はご飯を食べながらサッカーを見ていて84分にトロサールがかっこいいゴールを決めて追いついた。トロサールは芯の強い陰気な男、という感じのいい顔をしている。かっこいい。そのまま試合は終わるはずで終わりを待たずにトッテナムとフラムの試合を見始めて今年のトッテナムはとても強いようで、すごく強いパスを出していて強いチームはどこもチームメイトへの暴力みたいな強烈なパスを送る。

そろそろ12時だと思い遊ちゃんを探しに行くと、部屋で顔パックをつけて曖昧な顔をしていて、その曖昧な顔で誕生日を迎えるの？と聞いた。それにしても遊ちゃんのパックはよく貼りつく。遠目で見るとパックをしているのがわからないくらい、パックをしていることを示すのはその曖昧な表情だけというくらい、ぴったり貼りついていて、僕だとそうはならない。ひげがいけないのだという。だからってひげを剃るわけにはいかない。そんなことをしたら、ツルツルになっちゃう。時計を見たら59分で遊ちゃんはパックを外し、ツルンとした顔でまた時計を見たら12時になって誕生日おめでとうだった。祝いを述べると食事に戻って食べ終えてもうしばらくサッカーを見た。

誕生日プレゼントをあげるのは今夜がいいか、明日の朝がいいか、しばらく迷い、今夜あげたら楽しい気分になって眠れて、明日が一日楽しくなっていいんじゃないかと思って今夜にすることにし、世界堂の袋から出して箱や個包装の袋からも出して、それで遊ちゃんのいる寝室に行って、誕生日おめでとう、と改めて言いながらそれを渡した。

買ったのは夕方だった。考えるのが間際になってしまったわけだが、店で働く間ずうっと考え、しかし定まらず、その状態で新宿三丁目に向かった。

世界堂に行って何かしらの画材を買うか、あるいは前にかわいいと言っていたKINTOのコーヒージャグセットとかもいいかもしれないとも。でもKINTOの商品というのはどこに売られているのだろう、案外わからないものだ、伊勢丹とかはあるだろうか、伊勢丹だったら他にも何かこれはというものが目に入るかもしれない、そう期待して伊勢丹に入るとむわっと伊勢丹の匂いがしてかつては定期的にチャリで来た、地下のコスメとかのところでハンドウォッシュを選ぶのが楽しみだった、ハンドウォッシュは伊勢丹に限らずいろいろなところに行って買っていろいろなブランドの直営店とかにも、表参道とか、行って、買ったりしていたが、すっかりモルトンブラウンで定着したので今はAmazonで買っている。

5階がキッチンウェアということだったので上がり、誰がほしがるんだろう、と思う高貴な感じのものが売られている。こんなところにＫＩＮＴＯの商品なんてあるだろうか。タンブラーはあったがタンブラーがほしいわけじゃない。奥のほうに行くと特に高貴でないコーナーがあってコーヒーの道具とかもあったのであるとしたらここだがなかった。ハリオのキャニスターもいいように思ったけれど、でもワクワクしない。コーヒージャグセットでも多分ワクワクしなかった。だから見つからなくてよかったんだと思う。伊勢丹を出たら外が暗くなっていてびっくりした。

少し道を間違えてから世界堂に着いて世界堂に来るのは一年ぶりで去年は額縁を買った。一年ぶりの世界堂はやっぱりいいというか、ここにいる人たちみんなが、何かを描いたりしたいんだと思うと、勇気づけられるような、明るい開かれた気持ちになる。と言いながら僕自身は何かを描いたりしたくてここにいるわけじゃないから部外者のようなものだが。それで3階とかに上がってなんとなくの候補はあって遊ちゃんが持ってなさそうな色鉛筆か水彩絵の具とかだ、でも持ってなさそうな色鉛筆というのはわからないというか、ずいぶんたくさんの色が入った色鉛筆を持っているから、持ってなさそうというふうに考えると何か、そういうものがあるのかわからないが、色物というか、ラメみたいになっていたりとか、まだらな色になっていたりとか、わからないが、おもしろ色鉛筆というふうになってしまう。だからというかけっこう水彩絵の具を有力候補と考えていて、だが一応と思って色鉛筆のところを見るも特殊なものは見えなかった。それからまたひとつ階を上がったのだったか、絵の具の階で、油絵の具が最初に目に入った。油絵の具も考えはしたが大げさな感じがする。クレパス、パステル、いろいろある。その先に水彩絵の具コーナーがあってパレットに並んだ乾いたこぶりなかたまりは鮮やかで、パレットを見ているだけでもワクワクする感じがある。12色セットとか24色セットとか、透明色とか不透明色とか、いろいろあるが、シックな赤いパレットも、まるい固形絵の具も感じがよくて、ホルベインというメーカーの24色の透明色のやつにした。水筆と書かれた筆を3種類選び、引き続きワクワクしていた。少しだけ不安というか、要は、水彩という、これまでやってこなかった新しい方法を押し付けるわけだ。これを遊ちゃんがどう思うのかはわからないなという緊張感はあったけれど、だけど最悪、使わなくても、24色のパレットはきれいで、そのきれいさや目が楽しくなる感じは喜んでもらえるだろうとは思い、だからワクワクしたまま買った。満足して安心して帰り道はフアン・ホセ・サエールの『グロサ』を開いて読み始めた。間違えて2冊買っちゃったんだけどひとつ要るかと聞かれて小林さんからもらったやつ。

今は、お望みとあらば一〇月、一〇月か一一月、六〇年か六一年、おそらくは一〇月の一四日か一六日、それともおそらくは二二日か二三日、まあ一九六一年の一〇月二三日としておこう——どうだっていいじゃないか。

レト——アンヘル・レト、ね?——レトの話だった、はつい数秒前に並木通りの角でバスを降りたばかり、というのも急に、歩きたい、目抜き通りのサン・マルティン通りを足で端から端まで歩きたい、数ヶ月前から根気はあっても熱意なく帳簿片手に訪問するあれやこれやの店の一つに入って薄暗い中二階に閉じこもるのではなく陽の降り注ぐ朝に包まれていたい、そんな気分に駆られたのだった。

フアン・ホセ・サエール『グロサ』(浜田和範訳、水声社)p.13

癖強い〜!

だからその10月の27日か28日、その境を過ぎた、まあ10月28日としておこう、そこで、遊ちゃんに、ね?──プレゼントを渡すと、喜んでもらえた。ちょうど坂口恭平が水彩を始めたのを見て水彩やってみたいと思っていたところだそうで、いいタイミングだった。パレットの蓋を開けて色を見て、やっぱり整然と並ぶまるい絵の具はきれいでクリムソン、カーマイン、バーミリオン、ディープイエロー、イエロー、レモン、ジョーンブリヤン、グリニッシュイエロー、イエローオーカー、ビリジャン、フーカスグリーン、ライトグリーン、オリーブグリーン、プルシャンブルー、ウルトラマリン、ターコイズブルー、バイオレット、マゼンダ、オペラ、ローアンバー、バーントアンバー、バーントシェンナ、セピア、ブラック、そしてチャイニーズホワイト。

それが昨日で今日も朝からせわしなく働き、夕方に店を上がると珈琲館。アート・ブレイキーを聞きながら仕事。今日もなんとなく処理するまでに時間が掛かりそうだったメールへの対応がいくつかできて上出来で、対応するべきメールの数が順当に減っていく、うれしいことだ。でもそんなことが俺の仕事だっけかという気持ちもあってこの二週間くらい全然仕事を進められていないという意識ばかりが募る。

くたびれ果て、オオゼキと銭湯を経由してビールを飲みながら家に帰ると遊ちゃんが部屋でピンク色の長袖を着てパソコンの画面に向かって話している、それからカンナちゃんと思しき声が聞こえる、カンナちゃんと淳子ちゃんだろうかと思っていたら聞こえてきた固有名詞がちょびちゃんを思わせるもので、カンナちゃんとちょびちゃんというのも新鮮な組み合わせだ、僕は顔にパックをしてメガネを掛けた状態でお二方に挨拶に行った。それで今晩は鍋、今晩はアーセナルとシェフィールド・ユナイテッド。エンケティア、エンケティア、エンケティア、ファビオ・ヴィエイラ、冨安健洋。5対0でアーセナル。食後、外にふらっと出て煙草を吸いながらうろうろ歩いていると月がまんまるだった。紫の雲が広く出ていて、雲はマットな質感だったがやたら透過する性質も持っていて、後ろの月だけでなく星までが透けて見える。月の中心から少し離れたところの雲は月明かりで燃えるような色になっていた。家に戻ってまだ起きていた遊ちゃんに今日は満月なのかと聞くと明日が満月とのことだった。

布団に入ってサエール。たちまち寝た。

10月29日
10月30日
10月31日
11月1日
11月2日
11月3日
11月4日

11月5日

11月6日

11月7日

11月8日

11月9日

11月10日

11月11日

11月12日

11月13日

2023年11月16日（木）

久保山領

くもり。最近あまり天気がよくなくてちょっとだけ憂鬱だけど、今日はあーさんの誕生日。仕事を終えたあとお祝いする予定だった。数えてみたらあーさんの誕生日を祝うのは今回で10回目だった。付き合いが長くなってきて、誕生日に特別思い入れもなくなってきていたけれど、いつどこでなにが起きるか分からない長い歴史のなかで、生まれてきたこと、そして今日まで生きてきたことを祝うことができるのはよく

11月14日
11月15日

考えると途方もないことなのではないか、なんて思う。

わたしがちゃんと日記を付け始めたのが2023年からだから、あーさんの誕生日について日記に書くのもこれが初めてだ。振り返ってみると写真すら残していない年もあったくらいだし、誕生日だからといって特別な気持ちになることもあまりないけれど、文字にしようとしてみるとそれなりにちゃんと楽しみにしているし準備もしっかりしている気がする。これからは誕生日だけでなく、すぐに忘れてしまいそうな日々の出来事や会話も細かく記録しておきたい。きっと来年どんなお祝いにするかのヒントがそこに書かれているはずだから。

お昼休憩のときに近所のパティスリーまでケーキを買いに行く。昔はホールケーキを買っていたけれど、最近はお互い歳を重ねてきたこともあるのか、食べきれないのでカットケーキを2つ用意する。そのパティスリーではあーさんがお気に入りのドーナツを期間限定で売っていて、ちょうどその日からまた販売しているとのことだったのでもちろんそれも買う。揚げたてを食べさせてあげられないのがちょっと残念。そのあとは花屋へ。わたしはだれかに贈る花を選ぶのが大好き。どんな花束だったら喜んでもらえるのか、そしてどんなものがその人のイメージに合っているのか、考える時間はとても楽しい。今回は白くてふわふわしている小さな花たちの中にくすんだ紫色のトゲトゲした花をアクセントにした花束をつくってもらった（花の名前を忘れてしまったのが悔やまれるので次はきちんとメモしておきたい)。「センスのいい素敵な花束ですね」なんて店員さんが言ってくれたこともあって、うきうきしながら帰宅。褒めてもらえたことが嬉しいというのもあるけれど、花を持って歩いているときは宙に浮くことができるような気がする。それは花自体がなにかのパワーを持っているんだろうと思っている。

仕事が終わる頃にあーさんがわたしの家に来る。昨日用意していたあーさんの大好物のシチューを食べて、ケーキを食べて、先週買っておいたプレゼントとお昼に買った花を渡す。文字にすると淡々としているが、実際のところもわりと淡々とした雰囲気で、お祝いムード全開！　とはあまりならない、ようにわたしは思う（もちろん喜んではくれるしわたしも楽しいのだが)。その感じも自分たちらしくて悪くない気がしている。

今回プレゼントに選んだのは、学芸大学にある古着屋「nitako」で買ったゴールデンレトリバー柄のメガネケースとCFCLで買ったグリーンの靴下とメルカリで買ったみんなのたあ坊のステッカーとわたしが描いた絵。大きなものをひとつ贈るより、もらったらちょっと嬉しい、あーさんの好きなものたちの詰め合わせにした。

nitakoはInstagramで見つけてからずっと気になっていた、犬柄の服や小物がどこから集めてきたのだろうと思うほどたくさん置いてある店。犬好きのあーさんにぴったりなものがあるだろうということで足を運んだところ、なんとも言えない表情のゴールデンレトリバーと目が合い、そのメガネケースにしようと瞬時に決めた。CFCLのグリーンの靴下は、大体いつも全身黒い服装をしているあーさんが靴下を差し色に使うことが多いので採用。たあ坊のステッカーはメルカリでたまたま見つけたのでおまけを付けるような気持ちで選んだ。そしてあーさんへのプレゼントはいつも、自分で買うことはできないものも渡したいから、なにかしら手づくりのものを入れる。今回はみんなのたあ坊風の絵柄でわたしと犬や猫たちがあーさんを祝っているイラストを描いた。我ながら良いプレゼントが集まったし、実際喜んでもらえてよかった。

11月17日

11月18日

11月19日

11月20日

11月21日

11月22日

11月23日

11月24日

11月25日

11月26日

11月27日

11月28日

11月29日

11月30日

12月1日

12月2日

12月3日

12月4日

12月5日

12月6日

12月7日

12月8日

12月9日

12月10日

12月11日

12月12日

12月13日

12月14日

12月15日

12月16日

12月17日

12月18日

12月19日

12月20日

12月21日

12月22日

２０２３年12月23日（土）

金川晋吾

何か特別な心配事があるわけでは全然ないけれど、目が覚めたときには不安な気持ちになっている。最近はとくに焦りが強い。年の瀬であるということになぜか一人で浮き足立っている。今日はたいちくんの誕生日だけどプレゼントを何にするかを決めかねている。たいちくんは既成品よりも手製のほうが断然よろこぶにちがいないので、この1年間撮影した写真をプリントして製本してあげたらいいんだろうけど、今からプリントしても製本は間に合わなさそう。アクシアの何店舗かに問い合わせて、ぎりぎり間に合いそうな店はあったけど、行きも帰りもお店に立ち寄るのは大変だなと思う。昼からは上野で撮影の仕事がある。ヨドバシで写真を入れるアルバムを買うという手もあるけど、それだと安っぽくなるし、やっつけ感が出てしまいそうでたいちくんが悲しむのではないかという気がする。今から思うとそれは考えすぎで、このときは若干睡眠不足で頭がどんよりと重くなっていたのだろう。どうしようと迷っているうちに時間は経ち、どっちにしろアクシアに立ち寄るのは時間的に全然無理なことに気がつく。玲児くんもプレゼントをどうするか迷っていたけど、同じく自分で撮った写真をプリントして渡すとのこと。玲児くんはいい感じの袋を近所で買ってきてそれに入れて渡すらしい。玲児くんはそういうラッピングとかをたんに小綺麗にするのではなくて、もらってうれしくなるような趣向を凝らすことができる人なので、それでも大丈夫そう。

玲児くんの写真を私のプリンターでプリントをするために、データを送ってもらう。玲児くんの写真は私が撮った写真よりも感情が動く写真になっている気がする。端的に言うととてもいい写真。自分の写真は相手との距離がある。玲児くんは人との距離が近いし、画面に動きがある。自分もかなり適当に撮っているつもりだけれども、職業病的なところもあるのか、やっぱり画面の構図は安定しがちだ。でも、これは使っているカメラのレンズのちがいによるところが大きい。玲児くんは17㎜ぐらいの広角で私は50㎜の標準と言われるレンズ。どういうカメラを使うかで撮れる写真は全然変わる。

写真のプリントを終えて13時前に家を出る。14時に上野の西洋美術館で遠藤麻衣ちゃんの作品のための撮影。踊り子の宇佐美なつさんもいる。宇佐美さんは見られるお仕事をされているからなのか、お会いした瞬間に心がぱっと明るくなるような華やかさがあって驚く。撮ったものをその場で見せるとその都度いい反応が返ってくるので楽しく撮影する。麻衣ちゃんと宇佐美さんもよろこんでくれたけど、それ以上に同席していた学芸員の新藤さんの反応が大きくてよかった。単に「いいですね」と言うだけではなくて、写真がもつ可能性に想像を膨らませて興奮しているのが伝わってくる。私が見ているもの以上のものをそこに見ている感じ。

撮影が終わると17時を過ぎていて外はもう真っ暗。料理は玲児くんとももちゃんマンが用意してくれているので、自分はケーキを買う。たいちくんが好きだというチーズケーキを探す。家の近くにもケーキ屋はいくつもあるが、電話してみるとどの店もクリスマスシーズンなのでもうこの時間にはケーキは残っていないと言われる。最寄り駅のすぐそばのコージーコーナーにも電話してみるが、「クリスマスのときにはチーズケーキは販売していない」と言われて自分でもよくわからないけどショックを受ける。クリスマスにはみんなチーズケーキは食べないのか。

新宿で買おうと思っていくつかケーキ屋を見てまわるが、チーズケーキはない。そして、ケーキはだいたいどれも一つ1000円近くかそれ以上するものもあったりして、そのことにもまたショックを受ける。以前からちょっといい感じのケーキ屋はこれぐらいの値段はするものなのか。それともやっぱり物価が上がっているのか。京王百貨店の地下の食品売り場に行くと、今日はクリスマス仕様ということでケーキの販売は7階の催事場でまとめてやっているという掲示がされている。そうは言ってもこのフロアでもどこかでは売っているだろうと思って探すが、ケーキを売っている店は本当に見つからない。暖房と人混みで暑苦しさを感じて呼吸が苦しくなってくる。7階の催事フロアに行くとそこもたくさんの人で、行列ができている。そして、やっぱりチーズケーキはどの店にも売っていない。私はケーキを買うというような、さっとすまそうと思えばすませられることに時間をかけることが苦手なんだろう。「何でケーキを買うだけのことにこんなに時間がかかってしまっているのか」という焦りや苛立ちに囚われてしまう。ただその一方で、「せっかくなのでいいものを買いたい」「人によろこんでもらいたい」という気持ちもないわけではない。だから、何もこだわらずにさっさと決めてしまうこともできない。「早く終わらせたい」と「いいものを買いたい」のあいだを何度も行き来して疲弊してしまう。このときもそんな感じになる。

玲児くんとももちゃんマンに「チーズケーキがない（泣いてるようにも笑っているようにも見える顔の絵文字）」というメッセージを送る。ももちゃんマンから「たいちくんはモンブランも好きらしいよ！」と返信がくる。モンブランなら家の近くのコージーコーナーにもあるだろうと思ったので、ここで買うのはやめにする。列に並んで１０００円近くするケーキを4個買うよりも、コージーコーナーの良心的な価格のそこそこまちがいなくおいしいケーキを4個買いたいと思った。ヨドバシで2Lサイズの写真が40枚入るアルバムを買って電車に乗る。

最寄り駅のコージーコーナーに入ると、ショーケースのなかはもうだいぶすっきりとしていて、モンブランは売り切れていた。ショックをまったく受けなかったわけではないが、まあそういうこともあるだろうし、結局のところどんなケーキでもたいちくんはよろこんでくれるだろうと思う。苺のショートケーキとチョコレートケーキをそれぞれ2つずつ買う。

家に着くと、玲児くんとももちゃんマンが料理をしていて、たいちくんは座ってお酒を飲んでいる。たいちくんと玲児くんが一緒に料理をしていることは普段からよくあるけども、ももちゃんマンが料理をしているのは珍しい。たいちくんは若干所在なさげに見える。でも、それは私が自分の気持ちを勝手に投影しているだけなのだと思う。私は自分の誕生日を祝われるということが、もちろんうれしくはあるけども、どう受け止めたらいいのかわからないところがある。本当のところ、私は誕生日を祝うという感覚があまりよくわからない。

誰かが受験に合格したとか、そういういいことがあったときにお祝いをするのはわかる。でも、「この日はあなたが生まれた日だからお祝いしよう」と言われてもうまく実感がもてない。誕生日というものが自分にとって直接関係があることと思えないのだろう。そしてそれは自分に限らず他人の場合でもそういうところがある。かと言って、自分の誕生日に対して誰からも何の反応もなかったとしたら、それはそれでさみしさをちゃんと感じるのだが。

12月の中ごろ、「今年のクリスマス会はいつやろうか。みんなが家にいる日はいつだろう」みたいなことを4人のメッセンジャーのスレッドでやりとりしているときに、私が軽々しく「たいちくんの誕生会とクリスマス会はまとめてもいいかもね」みたいなことを書いたら、たいちくんから「おれたちは誕生日がクリスマスに吸収されることには敏感なんや！だからあくまでもおれの誕生日会という体で、クリスマス会はまた別にやるんやで！」という返信が来て、そうかそうかと思った。私はご馳走を食べる日が続くことに対して罪悪感というと言い過ぎなんだけれど、何か気後れのようなものを感じるところがある。実際にご馳走を目の前にするとものすごくうれしいし、おいしいものが食べれることはこの上ないよろこびなので、この気後れはあまり褒められたものではない悪い癖のようなものだと思う。今の共同生活をするようになってから、一人暮らしのときには考えられなかったようなおいしいものをほぼ毎日食べさせてもらっている。こんな幸せなことはないと思う。以前はよろこんで食べていたスーパーのお惣菜にそれほどよろこべなくなっている。

ももちゃんマンがブロッコリーとじゃがいものスープ、スペアリブを作り、玲児くんがヤリイカのバターソテー、海老の紹興酒漬け、トマトとバジルとモッツアレラのサラダを作ってくれる。あとは、刺身いろいろとバゲット。ももちゃんマンのスープが本当においしい。ももちゃんマンは私と同じく普段はまったく料理をしなくなっているが、作るとうまい。ケーキはやっぱりチョコレートケーキでもたいちくんはよろこんでくれた。たいちくんは私や玲児くんの写真のプレゼントにもしみじみと感じ入ってくれたが、ももちゃんマンから手編みのソックスをもらったときには思わず泣いてしまった。

0時を過ぎても3人はまだゆっくり飲み食いしながら話をしていたが、私は一人シャワーを浴びて寝る準備を整え、2

時過ぎには自分の部屋に入って布団のなかへ。3人がリビングで話している声が聞こえてくる。

12月24日 12月25日 12月26日 12月27日 12月28日 12月29日 12月30日

2023年12月31日（日）

pha

目を覚ますと十五時を過ぎていた。寝過ぎた。朝方までパソコンでOxygen Not Includedという惑星開発ゲームをやっていたせいだ。ずっと二酸化炭素の増大や病原菌の繁殖と格闘していた。ゲームのやりすぎで全身の筋肉がガチガチに固まっている。ろくでもない生活だけど、年末年始くらいは不健康に過ごしてもいいだろうと思っている。今日は自分を甘やかそう、というときに、自分は生活が雑になるだけだな、ということに最近気がついた。今日は特別に、ゴミをちゃんと捨てなくていい、とか、いつも禁煙にしている場所で煙草を吸ってもいい、とか。自分へのご褒美がそんなものしかないのは何かが間違っている気がする。ベッドから転がり落ちてホットカーペットへと移動する。物が散乱した部屋で。

誕生日に「おめでとう」と言うのも、言われるのも苦手だ。「おめでとう」と言われたら、別に特にめでたいとも思っていないのに「ありがとう」と答えるしかなくて、誕生日というのはそんな空疎なやり取りを強要される日というイメージしかない。だから自分の誕生日になっても基本的に人には言わないようにしているのだけど、昔、つい何かの取材で聞かれてうっかり答えてしまったせいで、ウィキペディアの自分のページには誕生日が記されている。誰もそんな情報を必要としていなくても、口から出まかせだったとしても、一度何らかのメディアに掲載された情報はずっとウィキペディアに記載され続けてしまうというトラップがこの世には存在する。もしかしたら、自分の死後、百年後や二百年後もずっと、ネット上には自分の誕生日の情報が掲載され続けているのかもしれない。自分の命日と並んで。ぞっとする。

誕生日と連休が嫌いなので、その二つが重なっている年末年始は一年で一番精神状態が悪くなる。多分、誕生日も連休も、どちらも家族という概念と結びついているからだ。家族には嫌なイメージしか持っていない。

しばらく床でごろごろと無為に過ごしたあと、近所のなか卯で牛とじ丼を食べてから帰ってきて、また夕方までホットカーペットで死んでいた。日が沈んで暗くなってから、ようやく出かける準備を始める。

年末年始なんかにどこかに行くと混んでいてお金もかかるだけなので、ここ数日はひたすら家に籠ってゲームをしていた。毎年、意地のように、もし誰かに何か訊かれても、あ、年末年始だったのか、気づかなかったわ、と言えるくらいに、できるだけ年末年始ぽいことはしないようにしているのだけど、今年は珍しくイベントの予定がある。作家の海猫沢めろんさんに、年末暇だから何かやろう、と誘われたので、普段スタッフとして勤めている高円寺の蟹ブックスという書店で、年越しイベントをすることになったのだ。

定休日なので無人の店に鍵を開けて入って、明かりをつけて音楽を流す。告知をしたのが直前の二日前だったけど、店を開けると少しずつ人が集まり始めた。年末年始に予定もなく過ごしている人は意外と多いのだろうか。イベントの内容としては、みんなで紅白を見ようとかゲームをやろうとかトークイベントもやろうとか、いろいろ案だけは出ていたけれど、何も細かいことは決めていない。まあ適当でもなんとかなるだろう。とりあえず椅子をたくさん出して、みんなが座って過ごせるようにした。

十数人集まったところで、トークイベントを始めることに。めろん先生とミュージシャンの北村早樹子さんと一緒に、今年面白かった本をすすめまくるという内容。トップバッターとして漫画を何冊か紹介した。大山海『令和元年のえずくろしい』（リイド社）はシェアハウスが舞台の群像劇なのだけど、財布がなくなったり暴力沙汰が起こったり性的に乱れていたり、とにかく嫌な話が集まっている。かなり実際のシェアハウスに取材をして書いたもののようだ。あとは大白小蟹『うみべのストーブ』（リイド社）とか。日常の中の感傷を描くのが上手すぎる短編集だ。

めろん先生はたくさん本を持ってきていて、川井俊夫『金は払う、冒険は愉快だ』（素粒社）や辻村深月『傲慢と善良』（朝日文庫）などを紹介していた。北村さんの紹介本がいちばん尖っていて、某暗殺事件を予言したと言われる発禁小説や、某連続殺人犯が書いたと噂されているKindle本など、気になるものばかりだった。なんだかアングラ祭りみたいな雰囲気になってしまったけど、まあこんな年越しもいいのかもしれない。

トークは一時間ちょっとくらいで終わって、そのあとはみんなで紅白を見たり、大量にどん兵衛を買ってきてそれを作って食べたりした。紅白ってひとりだと見る気がしないけど、大勢で集まったときになんとなく流しておくのにはちょうどいいものなんだな、と思った。年越しそばも普段は食べないので、久しぶりに食べた気がする。どん兵衛だけど。

記念日とか年中行事的なものが苦手なのだけど、やってみるとそれなりに楽しかったりはする。ベタな観光地に行くとそれなりに楽しいのと同じだ。それはまあ知っているといえば知っているのだけど、どうしても抵抗感を持ってしまうのは自分の根性がひねくれているせいなのだろう。もう、こういう性分はどうしようもないのだと諦めているけれど。

紅白が終わるとすぐにゆく年くる年が始まる。この流れを見るのは何年ぶりだろう。流れるように年が変わって、みんなで拍手をする。

そこからは、だんだん一人ずつ帰っていって、最後には六人くらいが残っていて、ニンテンドースイッチに入っているパズルゲーム、パネルでポンでひたすら対戦をしていた。そして午前二時くらいに解散した。外に出ると、真冬の真夜中なのにもかかわらず、なんだか空気がぬるかった。暖冬、というか、今日は暖かい日だったのか。そんなことにも気づいてなかったな。家まで歩いて帰った。

ご依頼したみなさんから誕生日の日記が集まったくらいの時期に、実家に帰る機会がありました。これまでは思いもしなかった、自分が小さかった頃に撮られていた写真や家族で揃って撮った写真をなぜか見たいと思い、どこにしまったのか両親でさえ忘れていたアルバムを一緒に探し、リビングのテーブルに積み上げて囲んで眺めました。

帰りの夜行バスの中で、誕生日を祝うのはもしかしたら、そのとき居た人たちの顔つきや、ロウソクの炎の輝き、もらったプレゼントの手触りや感情の動きを目や指や耳など身体のどこかで覚えていて、一年という時間の単位で身体に記録していこうとする行いなのかもしれないなとふと思って、揺れている座席で眠りました。

どんな人にも「生まれた日」があること、またその日と同じ日付が一年ごとにめぐってくる事実を、誰かの誕生日の日記を読むことで、いま生きていることについて、うれしく祝うのも、疑って悩むのも、同じように肯定できるような本になっていればなと思います。

日記屋　月日　栗本凌太郎

また一年経った。

その日が訪れると、年齢の数字は大きくなるのに体の体積は小さくなっていくような、妙な心地を抱える。

それがこわくて、また誕生日が巡ってくることに耐えられない、うす暗い時間を過ごしたことがある。けれどその代わり、そのとき思いつく限り、ひたすら自由に過ごした。ディズニーストアでスティッチのタオルを2枚買ったり、ちょうどその日から公開される映画を一人で観に行ったりした。現実逃避という言葉がとてもしっくりくる過ごし方だと思う。

そうやって過ごした日の終わりには束の間「案外大したことないのかも」と安心した。どんなプレゼントを前にしても、一日の平凡さやあっけなさ、大したことのなさが私を救う。

誕生日と聞くと構えてしまうかもしれない。でもそこに起こる出来事の一つ一つは、昨日や明日と同じような色で景色に染み込み、馴染んでいる。

馴染んでいるということは、ちょっとやそっとでは消え失せないということ。今日、たしかに生きている。

日記屋月日　久木玲奈

阿久津隆（あくつ・たかし）

1985年生まれ。「本の読める店 fuzkue」店主。著書に『読書の日記』(NUMABOOKS)、『本の読める場所を求めて』（朝日出版社）。

いがらしみきお

1955年宮城県中新田町（加美町）に生まれる。24歳で漫画家デビュー。代表作に「あんたが悪いっ」（1983年漫画家協会賞優秀賞）、「ぼのぼの」（1988年講談社漫画賞）、「忍ペンまん丸」（1998年小学館漫画賞）、「I」、「羊の木」（2015年文化庁メディア芸術祭漫画部門優秀賞）、「誰でもないところからの眺め」（2016年漫画家協会賞優秀賞）など。現在は「ぼのぼの」がフジテレビ系列でアニメ放映中。仙台市在住。

イリナ・グリゴレ

文化人類学者。ルーマニア生まれ。2013年東京大学大学院博士課程に入学。青森県内を主なフィールドに獅子舞、女性の身体などをテーマに研究している。また2023年からバヌアツで女性に関するフィールドワークを開始している。著書に『優しい地獄』（亜紀書房、2022）。

X（旧Twitter）:@IrinaGRIGORE18

植本一子（うえもと・いちこ）
写真家。1984年広島県生まれ。2003年にキヤノン写真新世紀で優秀賞を受賞。2013年、下北沢に自然光を使った写真館「天然スタジオ」を立ち上げる。著書に『働けECDわたしの育児混沌記』『かなわない』『家族最後の日』『降伏の記録』『フェルメール』『台風一過』『愛は時間がかかる』、写真集に『うれしい生活』がある。最新刊『さびしさについて』（小説家・滝口悠生との共著）。

大崎清夏（おおさき・さやか）
1982年神奈川県生まれ。詩集『指差すことができない』で第19回中原中也賞受賞、『踊る自由』で第29回萩原朔太郎賞最終候補。著書に『私運転日記』（twililight）、『目をあけてごらん、離陸するから』（リトルモア）、『新しい住みか』（青土社）、『大崎清夏詩集』（青土社）など。知らない町を歩くことと、山小屋に泊まる登山が好き。

金川晋吾（かながわ・しんご）
写真家。1981年京都府生まれ。神戸大学発達科学部人間発達科学科卒業。東京藝術大学大学院美術研究科博士後期課程修了。2016年『father』（青幻舎）、2021年『犬たちの状態』（太田靖久との共著、フィルムアート社）、2023年『長い間』（ナナルイ）、『いなくなっていない父』（晶文社）、『集合、解散！』（植本一子、滝口悠生との共著）

刊行。近年の主な展覧会、2022年「六本木クロッシング2022展：往来オーライ！」森美術館、2021年「声の棲み家」プライベイトなど。

古賀及子（こが・ちかこ）

ライター、エッセイスト。著書に日記エッセイ「ちょっと踊ったりすぐにかけだす」「おくれ毛で風を切れ」（素粒社）、エッセイ「気づいたこと、気づかないままのこと」（シカク出版）がある。

柴沼千晴（しばぬま・ちはる）

1995年生まれ。東京都在住。2022年の元日から毎日日記をつけ始める。自主制作の日記本に『犬まみれは春の季語』『親密圏のまばたき』ほか。季節の散歩と果物が好き。

鈴木一平（すずき・いっぺい）

1991年生まれ。宮城県出身。「いぬのせなか座」「Aa」参加。2016年に詩集『灰と家』（いぬのせなか座）を刊行、同書で第6回エルスール財団新人賞受賞、第35回現代詩花椿賞最終候補。主な論考に「言語表現としての「折々のことば」」（『現代思想』2023年5月臨時増刊号）、「無症候性の形象——新型コロナウイルス感染症をめぐる言語表現の受動性について」（『現代詩手帖』２０２０年７月号）、「「日記を書く私」を強いる日記という媒体から、さらに新たなる生活（表現）様式に向かって」（『ネヲ』３号）など。現在、第二詩集を準備中。

pha（ふぁ）

一九七八年大阪府生まれ。著書として『どこでもいいからどこかへ行きたい』『しないことリスト』『おやすみ短歌』（枡野浩一・佐藤文香との共編著）など多数。文筆活動を行いながら、東京・高円寺の書店、蟹ブックスでスタッフとして勤務している。

三宅唱（みやけ・しょう）

北海道札幌市生まれ。主な監督作に『夜明けのすべて』（２０２４）、『ケイコ 目を澄ませて』（２０２２）、『きみの鳥はうたえる』（２０１８）など。そのほかにiPhoneのビデオ機能のみを使用したビデオダイアリーシリーズ「無言日記」などがある（ＧＨＯＳＴ STREAMにて配信中）。

三輪亮介（みわ・りょうすけ）

１９９４年、長野県生まれ。早稲田大学文化構想学部卒業。ブログに日記を書き、定期的に本にまとめている。自主制作本に『生活記録』など。

me and you

久保山領（くぼやま・りょう）

１９９２年生まれ。２０１５年にＣＩＮＲＡへ入社し、オンラインストアやイベントスペースの運営に携った後、She isの運営サポートを担当。２０２３年からme and youへ入社し、バックオフィス業務やプロダクト販売管理、me and you little magazineの運営サポートを行う。日記のほかに、出会ってよかったものを月ごとに記録している。

竹中万季（たけなか・まき）

１９８８年、東京世田谷生まれ。牡羊座。２０１７年、ＣＩＮＲＡ在籍時にShe isを野村と立ち上げ、２０２１年にme and youとして共に独立。主に編集や企画などを行う。２０２３年、twililightから『わたしを覚えている街へ』を刊行。見たり聴いたりしたものを記録する個人的なウェブサイトの存在をずっと大切にしています。

野村由芽（のむら・ゆめ）

１９８６年生まれ。２０１７年、ＣＩＮＲＡ在籍時にShe isを竹中と立ち上げ編集長を務めた後、２０２１年にme and youとして共に独立。主に編集、執筆を行う。共編著に『わたしとあなた 小さな光のための対話集』『me and youの日記文通』。YUKI

FUJISAWA制作日記のWeb連載を執筆。祖母と編み物が好き。日常にある詩的な瞬間を探究している。

本書の刊行はクラウドファンディングを通じ、下記のみなさまにご支援をいただいております。
ご希望によりお誕生日・お名前を掲載していない方も含め、この場を借りて厚く御礼申し上げます。

—

1980年6月17日
まさよ

1983年6月30日
さいとうきいろ

1986年4月3日
清水淳子

1995年8月15日
能澤 茉琴

2000年3月21日
tatoeotat

2月2日
ひろこ

2月8日
下西悟史

3月19日
京橋紙業株式会社

4月5日
武藤沙智

4月12日
バンドー

7月4日
井出 武

7月7日
セルボ貴子

7月21日
栗本タケチエ

8月21日
堀井明子

8月27日
白井奈津江

11月21日
YOSUKE

誕生日の日記

2024年7月15日　初版第1刷発行

著者　阿久津隆　いがらしみきお　イリナ・グリゴレ　植本一子
大崎清夏　金川晋吾　古賀及子　柴沼千晴　鈴木一平　pha
三宅唱　三輪亮介　久保山領　竹中万季　野村由芽

装丁　仲村健太郎　古本実加
発行者　内沼晋太郎
企画　内沼晋太郎
編集　久木玲奈　栗本凌太郎
発行所　株式会社 日記屋 月日
〒155-0033 東京都世田谷区代田2-36-12
MAIL: hello@tsukihi.jp | tsukihi.jp

印刷・製本　有限会社 修美社

カバー：ハーフエア コットン
帯：OKブリザード
表紙：DKクリームソフトF
見返し：NTラシャ パールピンク
本文：オペラホワイトマックス

本体　2,300円＋税

Takashi Akutsu, Mikio Igarashi, Irina Grigore, Ichiko Uemoto, Sayaka Osaki, Shingo Kanagawa, Chikako Koga, Chiharu Shibanuma, Ippei Suzuki, pha, Sho Miyake, Ryosuke Miwa, Ryo Kuboyama, Maki Takenaka, Yume Nomura
2024, Printed in Japan ISBN 978-4-9913584-0-1C0095